凉风夜月

沙立卫◎著

天津出版传媒集团

天津人民出版社

图书在版编目（CIP）数据

凉风夜月／沙立卫著. －天津：天津人民出版社，
2017. 8

ISBN 978－7－201－12246－5

Ⅰ. ①凉… Ⅱ. ①沙… Ⅲ. ①短篇小说－小说集－中
国－当代 Ⅳ. ①I247. 7

中国版本图书馆 CIP 数据核字（2017）第 188586 号

凉风夜月
LIANGFENG YEYUE

出　　版	天津人民出版社
出 版 人	黄　沛
地　　址	天津市和平区西康路 35 号康岳大厦
邮政编码	300051
邮购电话	（022）23332469
网　　址	http：//www. tjrmcbs. com
电子信箱	tjrmcbs@ 126. com

责任编辑	刘子伯
特约编辑	葛风芹
装帧设计	墨知缘

制版印刷	济南精致印务有限公司
经　　销	新华书店
开　　本	880×1230 毫米　1/32
印　　张	10
字　　数	220 千字
版次印次	2017 年 8 月第 1 版　2017 年 8 月第 1 次印刷
定　　价	56. 00 元

自序

阑栅灯火，朗天抱月，紫虚翰渺，碧坤宏阔，石形顿张，花影初活。轻挑帘拢斜月如钩，缓开户扉正阳似盘，虫声唧唧放万籁大音，风号飒飒呈千岭美色，雨落楼头之远眺，云过山底之近瞩。吾随怪之浅踪，笔状犬马，雅爱神鬼，醉于狐媚花仙，搜世之逸奇，述异类之所遇，坐灯下之品闲，为虫声语，为狐仙惑，为神鬼动。草窠蛇蟒，石窟银汉，金瓯醅酒，秉烛运笔，灵性出没，写一回光怪陆离界，观一番红尘滚滚来，抒一腔沉郁自然开。单走峻岭邪风，情随霞云入梦，登身上九重，下海玉龙宫。效柳泉之雅博，慕幻界之戆直。所述为案头语，开目自闲，或有道悟，解吾之高意，或无所获，亦不负吾，笑笑以

示清风。前赘寄言，以明宗义。

目录

紫漪

余姚部生，年十七，性秉爽，酷李仙，好吟咏，有太白之风，所居，人咸敬之，嗜酒聊狂，与友人聚，时醉而忘归。或醉于友榻，或卧于半途。一夕，自友舍归，经绿竹山，山峦叠翠，鸟鸣传响，花点委地，岩崖裹绿。生至一巨柏，醉而串起，仆地而眠。夜寅风啸，懵懵中，觉有人音，一女云：何处浪醉人，竟眠门地。应曰：余姚部生，酒狂之徒，好吟之士耳！女有所动，蹙眉忖顿，谓共者曰：玉翠，若不相助，恐寒浸命丧于此，若助其脱厄，必受母责罚，如之奈何？玉翠曰：小姐佛心如此，矧救人一命胜造七级浮屠。女乃颔首，玉翠即以指扣柏一巨结，击以数十，轰轰作响，俄顷，兀一阆院出，门排两边，有二鬟出，皆绿衣小袄，髻首双立，敛衽，见小姐双道万福。小姐曰：此醴醒之人，扶将进去，二鬟左右环臂，挟生共力以入，行百武，至一小楼，楼围清幽，有字俊书于门楣上云"紫翠"。

入得里内，二鬟置生于椅，女示二鬟，退而出，惟玉翠留伴。生酣沉不已，声如雷震。女曰：多也多也，全无品相，能为此亦为境界，非俗流能卧山野，惟晋刘伶为之。玉翠曰：小姐，此郎君虽过莽撞，却也腹内锦绣，若能琴瑟相和，岂不妙哉！女微哂，死妮子，何羞煞人。玉翠亦乐，小姐，口不应心，何做不实之人，今夜当为玉成此事。乃置姜茗使生饮，无何，生朦胧开目，见二女于前，心内惊栗，欲起身咨何故落陌生地，然手足无力，女笑曰：瘫当如此，已不能就也！玉翠亦笑曰：若牡犍恐早已力脱，焉能得遇，此乃天意。

生渐明，起而前作揖问讯，方知醉而失所，若弗小姐相助，恐已为那世之人也！躬身相谢。复令玉翠置茗，生视眼前之人，翠裳轻柔，韶洁娇媚，乃绝美也！心遂大悦。生曰：敢劳芳名。女曰：吾紫漪也，渠玉翠也！郎君来此，真乃瑞好也！生曰：能见仙子，吾之幸。

二人相面而坐，玉翠立于旁，女曰：闻言郎君有李太白之才，实乃仰慕，今日得见，敢请讨教。请郎君以竹为题，吟咏一二。生曰：惭愧，学乃疏陋，还望雅正。随口吟道：绿绮娇芳色，风柔叶动心。天籁惟箫玉，良辰送暖音。女听毕，面红似椒，嗔云，郎君作坏样。吾亦得一首：仙根本自虚，土里孕空无。一旦青阳照，风吹寂影浮。玉翠云：琴瑟交合，风求凰音，妙极！今宵何不了成凤愿，玉翠出。生即挽紫漪入帷，登榻，解衣贴肤，女光凝水滑，生不能自抑，女亦自沉，事毕，女红濡裀。天晓，二人欲相暄，忽门声急急，女起拔关，玉翠已入，曰：不妙，夫人归来也！紫漪朱颜顿失，急入内，促生速去，生不知就里，即窜后园山花簇里隐伏。

甫当，夫人入内，女自向前，问母安好。母曰：昨宵可安席否？女曰：回母之切，儿酣睡畅达。母欻鼻张，稍眉起簇，乃责女，何有生人味，莫不生人误闯。女遽曰：昨夜野狸越过，恐留其味也！母曰：那也罢了，恐生人加害于汝，时惕无忧。母有一事相商，女曰：母请言，儿聆听，母曰：儿已十七，为娘前日访友，枫林村，皮家有一俊生，名曰：皮修季，吾以托媒作伐，此家颇殷实，日无相累也！几日，即可通衢迎嫁。女曰：儿不愿嫁，皮家耍儿，儿听闻，皮修季纨绔游荡，眠花卧柳，儿嫁此货，少不得闲生闷惑，怨绪烦心，不得半点快意。母立颜易色，凶妮子，何敢嚣张，三日后，送嫁皮户，言毕，怫然而出。

女珠泪滚落，抽噎不已，玉翠扯愁，劝小姐切莫发急，乱了章程，此事还须计较，乃出寻生，生伏翠柏背，视玉翠，移步而迎，玉翠急扯生便走，至闺中，见小姐目肿腮红，急问讯，何故如此，莫不因吾坏了小姐玉体，受母责罚。紫漪含珠曰：非郎之过也，母欲将予嫁于浪荡小儿，母命又不得悖，故而哭泣。生曰：小姐，勿伤玉体，生有一谋，不知小姐可应承，何不悖母与吾奔突。女曰：不可，母知，必相加害。玉翠曰：可先嫁，花烛际，俟机而亡也！生可与庄外相应。女曰：此计甚妙，惟祈禳通衢无碍。约生三日后，夜窜他处。

三日至，母使鬟妆紫漪，午时，鼓乐聒噪，迎亲赤伍，鱼贯而入。皮修季，控一白卫，身着绣花团锦，首戴野鸡翎，斜背大红带，嬉皮得意，至碧萝紫霄府，府中灯影影重重，彩绸四悬，好生热闹。母迎迓歇宾，置酒盛宴，毕，乃唤鬟扶紫漪出，紫漪艳光照庭，恍如仙子临凡，有玉翠相陪，婀娜而行，把个皮修季看得呆如木鸡。紫漪上轿，玉翠亦随，众客簇拥而去。

行五六里，自一山口入，内景宽阔，杂花异草，尤以枫树为盛，不类人间。百二十步，一危宅崛耸，栉比数进，金瓦碧墙，乃大户人家。皮修季下得坐乘，意气昂发，紫漪亦下轿，玉翠在右，往里而行，不刻，入室，厅堂展阔，花堂灿烂，傧相就位，行拜堂之礼，入洞房。皮修季乃酬谢宾客。紫漪与玉翠，坐几前，思忖何如鸟脱牢笼。玉翠奔窗棂，撬启而出，二者力窜，至山口，生以税一车候，见紫漪来，坐牢奔突，往淮北而来。

至老山而止，在山中得一兰若，藏迹敛形，自此日游文词，情浓缱绻，举一男，名曰：部霄青，丰都伟健，聪慧玲珑。又纳玉翠为妾，生一女，名曰：部韵娇，亦貌倾城。后子登科，授余姚守，意归根也！女嫁高衙之门。部花甲曾携二夫人，还归里郡，然所见苍寒，母及第不复有也！咨里人，亦不知所踪，紫漪切痛不已，生亦怅然。

一夕，有扣关声，老阍拔关，一皤发褴褛人问讯，紫漪出，乃母亲也！迎迓入内，相对唏嘘，女曰：母何故褴褛如此！母叹曰：自儿走亡，皮家率驺从数人，向吾晰汝踪迹，予亦不知，鞭楚号腾，令吾寻得归家，吾遣家仆，自窜他处，行乞以为生，数日归家，知子一门来，问由所处，即寻来，老来终得团聚。紫漪大喜，即唤生玉翠拜见，母喜不自禁，初何故不言有郎，害得陡生枝节。紫漪曰：初，儿不敢明，恐母加害生郎，故定谋走亡，幸得天佑，满门皆好。据路人言，枫林村，遭天火，一村湮灭，无留存者，也是皮家为恶所得。自是，一门和睦。吾曾访其旧踪，终未得，记而传述。

桃花女

秦下，淮安人，年十八，早岁失怙恃，寒而无依，幸得里人周济得以全活。秦虽孤，出力以助邻里，或缮舍，或收种，里人咸悦之。有梅香者为之谋其偶，皆以家婆而不谐，秦亦气馁无相悦之人。

一日，秦寂寥闷坐，欻一女启扉而入，见之，年十六、七，绝美无匹，秦讶异，咨所从来，女哂而不应。秦曰：何故入苦寒地。女曰：愿为汝妇，荐为枕席。秦疑非人，女曰：实告郎君，吾非人类，乃桃花仙也，帝怜其无依，特令吾奉君箕帚。秦悦，为之炊，奈何贫而无佳肴，女曰：何须郎君操持，妾必置盛宴，以待郎君。入厨，一时案砧声急，香盈满室，未几，桦陈案几，菜色馋涎，皆人世所未见。席成，邀秦入座。女持盏对秦，秦一时恍惚，以为梦中，今娇妻美味，何故有此福德，乃举爵大饮。不觉月上柳梢，然二者兴致未降，二更方罢。入室，锦衾绣枕，红帐银钩已就，秦为之解带，体香袭人，心摇神荡，相拥情洽，共赴巫山，同享云雨。

翌日，女执帚粪除，门庭焕然，秦旧宅已失，替之新廊回转，朱门高瓦，飞檐角凌，院东隅假山峨立，有池水光灿灿，鱼戏其间，四围花色繁杂，香郁弥漫。秦大骇，女曰：勿失色恐怖，帝令匠人一夜成也！秦曰：帝何故厚吾。女曰：汝父以治淮水功，升得帝之伏水大神，为帝所遣，汝父见汝贫窭，奏请天帝怜佑之，帝即命百花仙择一人，以温冷席，吾自请为汝妻，皆因凤缘而成，秦了悟。

甫絮叨间，忽闻扣关声，声急如雨，女急趋避，匿于室。秦跨步启扉。乃比邻王袖，秦曰：何急急骇人，王曰：小狂儿，戏蜂，蜂怒，群而攻之，今首肿如盆，滚翻不止，如之何？秦曰：勿失方寸，汝先归，吾即来。袖出门而去，秦反，告女，女曰：无妨，乃出一瓶花精露，嘱秦以五滴，抹其首，立消。秦持瓶而去，至王家，见一童于榻上号腾，围者皆无计，秦至榻前，令人按其首，以花精露抹之，顿消之，童好如初，家人咸恩之。后里人若有疾，秦至以花精露遍抹之，则瘥。秦感里人济困之恩，里人亦知，以善待人，则以善报己。袖尝咨花精露由来，秦以别语搪塞之，故里人惟知其灵，而不知所从来。里人惑而奇怪之。

桃花女匿而不出，秦问何故，女曰：出则为登徒子所见，恐祸也！秦深颔以为然。然闷蹲于宅中，亦无趣味，女曰：吾以择宅西阔地，欲植桃花，花红飞天，枝烂迎风，景象夺魄，自得天然丰韵。秦曰：诺！桃树何来？女哂，曰：郎君已忘眼前人也！吾上假蟠桃一枚，即可。秦曰扪额，背倚朱门，谓女曰：大得好，大得好，人间亦开神仙花。女曰：郎君稍俟，吾片刻即返，言讫，忽失所在。捱著间，女已立目前，手出一枚蟠桃，体大色艳，食此可得百岁，秦捧而啗之，顿觉神气贯通，体肤清腻。得一核，大如鸡子，赤色艳艳。女曰：值十五月悬，可植。否则，奄奄亡也！

会月圆，女携秦至宅西百武，光朗明莹，宇澈无尘，女面月祷禳，掌中桃核，飞入月宫，光芒盈空，无何，一红光坠地而息，草色微动，地颤数几，千株破土，顷刻而枝条漫灿。别日，秦与女足芳地，视桃赤如焰，其华灼灼，唇艳色娇，妩媚婀娜，与仙府无二，女曰：郎君可为之名。秦曰：诺，名曰桃花坞可也！女曰：亦妙哉！邻人见之，桃红万朵，以为奇，不知何故有此桃花。秦哂不言。自是，游瞩者从流，成一时佳地。女与秦时席地其中，又辟溪引水，谓之桃花溪，每至风气，落红缤纷，波载葶红，浮舟忘我。忽一日，女谓秦曰：吾欲去也，帝因之窃蟠桃，祸罪之，吾殁后，汝速走昆仑，求西王母，或可复合。言讫，乌云腾翻，隐有叱声，复视女失迹已渺，云气渐收。秦望空悒悒，泪珠连坠。遂置装西行，跋山涉水，片不息足，登昆仑，叩拜西王母，王母悯其意，诺，遂留昆仑。后不知所踪。

桃花坞，自秦与女去，桃花零落纷飞，渐凋敝，今遗迹尚存，游者不绝，然桃之华，韵味失之半，亦憾也！

厉白

厉白，邢台人，貌异怪，耳上复生耳，谓之重耳，能辨物声。所居，墙外有数冢，蓬蒿蔓长，荒寂漠寒。厉趋步冢间，闻圹中有声嗷噪，心惧，欲反，然好奇之，乃侧耳凝息，一男曰：去东二十里，有高丘，吾祖瘗金百，欻殁，未及白家人，故无人知之，今取之把玩，亦为调冷寂。一女曰：吾侪掘得无所用，冥金非用，徒累尔，何不阴白家人，俾诸家人取之。男似摇首曰：否，否，后咸顽劣，惰殆不已，赍渠必倍恶。一翁曰：金可赍厉白，白乃冥城隍，吾侪皆为白隶。厉闻言，大骇，自忖，己人世何能为鬼官。归，言犹在耳，获金何由起，城隍何由起，百结不解，食讫，安枕就寝，恍惚间，见有冠带者数，咸来拜诣，厉愕异，咨况，一朱衣叟曰：阎王以先城隍贪贿故，流远，授尔城隍之职，令吾等迎迓。厉觉己毙也！否，何得见冥官。叟曰：非，汝昼阳夜阴，爷大德荫身，故有此遇，矧腹华锦绣，气焰如灯，俾恶者骇惧。王令任邢城隍。

众簇厉而行，过数驿，至一城，闳阔不凡，楼接青霄，檐飞牛角，琉璃辉耀。入内，一案籍录如山，类属明了，厉停睇医恶卷，坐阅良久，止于一本，上字云：匪德失。开篇即曰：匪德失，业医者，官庄人也，大恶也，医道不攻，尝缘术乏，俾童齿二，壮者一，毙于非命。厉阅罢，劲眉逆竖，乃令鬼吏立拘匪到堂。二鬼吏应而去。无何，缧绁而至。匪伏地，厉令鬼役棰之五十，顿衣烂肉飞，嘶号裂心，厉曰：汝戕害人命，天不宥尔，乃令役以大锥穿体，以椒液灌之，其苦难堪，又将其置磨下，如磨浆，俄顷即成浆，拢之复活，活之又锥又磨，其刑甚重，匪昏昧不计，后为鬼吏送至药毒潭浸之，遍身糜溃，不复翻身也！

厉鞫案分明，鬼吏皆言公秉正。天欲白，众簇厉而归。厉醒，犹记在目。

访之官庄，果有匪殁，遍身糜溃，始信。

自是，厉昼阳夜阴，有邻人亡而活之，见厉鞫案，秘始泄。人咸敬之，厉教化世人积德行善，可延寿尔！厉百二十岁，殁，十围人咸悼之，天祥云，木垂首，似哀之，盖厉为人所敬也！人作冥城隍，亦奇也，故记之。

书仙

南越张公，嗜书，开卷而忘惫，目注文字，神游出窍，尤喜狐鬼，阅干宝，读蒲氏，涉晓岚。一日阅蒲氏之娇娜，恍惚入寐，耳际忽有声，“娇娜来也!”开目环视，不见迹踪，复寐，声复起，“读书岂可寐，漫心也!”起视，无他物。如此屡，张公以为神幻，合书，无它异。次日，复读蒲氏，忽有一寸许人自书出，体不过竹箸，张公不以为怪，反捉手把玩，与之谈，皆深宏微义，公愧，愈勤为学，日与之疏通意气，公业大进，数载，公学著于四野，成就斐然，皆书仙之功。

柳

烟

镇江杨吉，字安宁，年二旬，好游，尝独往华岳游瞻，于险崖下得一柳枝，枝上有字云：天地万丝条，春明碧色摇。谁来长夜伴，寂寞度昏宵。款落，依稀有孟春柳烟。吉以为奇，揣而归。

适气和春漾，吉乃插柳于宅阴，初，不甚长，仅为一掌环，高不及稚童。吉意未所注，越年，竟得一人合围，高已出宅巅，且数珠并起，约二十，秀色隆隆，碧翠欲滴，随风纤摆，妙处顿生，夜寅，时闻丝曼管弦之音，经久难消，吉时附耳谛听，佳音入耳际，心内辄清清爽滑，如履幽处，不胜自得。若生淫思，则音声绝也！归正，则复起。邻人亦有正者，恍恍有音绕耳。一时，四方云集，争睹柳色，人愈多，色愈厚，纤丝齐舞，宛有仙子百伎者，若有秽语，则止，于素柳无二。故来观者，咸无杂沓之心。

吉二十二，未有箕帚之人，双亲叨叨，然家窭窘，何美来守苦寒，吉常言，柳烟吾妻也！家人以为痴，遂忧空室何时能来欢颜。吉依然故我。

一夕，吉独对灯花，怅然自白，"谁来长夜伴，寂寞度昏宵。"欻，灯花渐散，有一佳人渐出，弹指间，一俏丽绝色，立于前，曰：闷煞郎君，柳烟荐枕。勿相拒也！吉大喜，尝以为枝上柳烟，徒劳人耳，意外见容，色艳倾城，奚可拒也！乃前挽相狎昵，女极承接，舌气交接，鬓丝缠绕，共赴云雨，天晓，乃去，嘱，勿向外人泄，自此，夕夕不虚。

所亲时闻子室内隐隐有笑音。母训子严，以为子私美淫乱，厉色斥子，吉无语对应，母疑愈深，而吉坚不明示，母乃杖挞，甚极，乃白所由，母弗信，吉许今夜拜谒阿母。母乃止。

是夜，柳烟来，吉请见阿母，女觉暗佻似有悖理，乃应，出而见。母见之，窈窕美佳丽，问所姓氏，乃柳泉先生之裔也！昔柳泉先生爱柳成痴，宅植五柳，柳泉先生殁，五柳皆亡从之，先生感其衷，上于昊天，帝乃令五姊妹，司五岳之柳，令配人间夫。吾司华岳，大姊司泰岳，二姐司嵩岳，三姐司衡岳，四姐司恒岳。因杨郎游华山，得会相偕而来，以成凤愿。非吾自专，乃帝之意。母昕昕然，自此，柳烟与吉所亲无隙，也无相避，烟执帚粪除，炊火烹煮，绝类常人。里人皆誉杨家善德。世人不患无财，惟患无德。不患无偶，惟患淫纵。

吉百岁而亡，柳烟将之窆于华巅，乃失，宅后柳，一宿委顿。后人感其灵，作祠以奉，村人有事，如若祷禳，必有所验，一时，香火盛极，吾自华山一皤翁处得，归而述之。

采药翁

采药翁，未知其名，居野云山，黄药圣手，常入山采药，某年，地大荒，民染疫，亡者不计其数，翁拯民之无数，而不索一文，来者无一不纳，一日，有老妪来，面目黧黑，步履蹒跚，病甚，浼翁诊明。翁以手切其脉，知非人类，未言，按其病理，以汤药灌之，并付几药，老妪归。间十日余，老妪来，面清爽，神采流溢，步态轻有飘飞之举。谢翁，邀其舍叙，翁未辞，从尔至舍，见一宅庭，门前修竹参天，东墙之上有潺潺之水似天而降，声如丝竹管弦，不知流入何处，入园内，敞阔无际，屋舍栉比有序，雕栏回廊，亭台楼阁，古木接云，花开四时，芳美无比，气清爽而身轻，媪延正堂，见四壁皆古色之书画，梁柱漆红，窗棂金黄，檀香缓溢，木椅生光，案桌华丽，坐定，媪唤一丫鬟入，附耳似有所嘱，丫鬟出，俄倾，一女入，媪谓药翁曰：吾非人类，乃竹精，翁莫见鄙，吾生黄病，若非先生妙手，恐已亡也，无以遗馈，此乃小女如萧。请为女箕帚。翁视良久，女约十八九，朱唇皓齿，眉目秀而含羞，少韵致而荡心意。萧为翁置香茗，手指如笋，纤细柔嫩。玉壶碧茶，清香四溢，翁饮，觉气血神旺，脉络通畅。是夜，如萧就翁，罗帐高挽，纱衣透体，臂枕相偎，于飞甚乐，狎洽情怡。

翌日，如萧从翁入山，助翁获世间之奇药材，翁喜，得如萧如获宝，五载，如萧谓翁曰：吾家举徙至东南，五载缘尽，翁不舍，萧亦泪坠，意态甚切，然天不可逆。一日翁采药归，不见庭院，皆琅琊山石，翁亦入山，不知所踪。

蟒
蛇

　　河北祁县，民某田禾，其子，总角，洁美丰秀，从父母戏于田塍，近午欲归，子不见，周寻不得，乃呼里人四觅，过黄菜地，见有搏处，伏巨蟒，腹内圆隆，疑子为蟒所啮，以锄捶其首，蟒毙，以刃剖其腹，子于其中，首以化，惟身半存，大恸而瘗子。蟒祸人乃天纵凶，人力难避之。

王异

抚州王异，业履，家贫薄，三十岁方取南郭齐氏，齐素貌然性娴，婚二载举一男，名曰：好德。德顽劣，时率耍友，窃桃摸瓜，里人咸患之，以其稚嫩，放任之，德恶比愈凶，其亲厚厌之，然奈何不得，思将以后何能为。俟子十八，浼人作冰伐，有李氏者，专走户门，牵红绳为业，觅得武姓屠之女，女十六，稍有姿色，性悍，裕家子无来问津，李姻好德，女甚意，德亦不甚拒，两家遂相好。自武氏入王宅，家无宁日，武氏时詈骂公婆，稍有言行，则尤，使老如驱小奚，令其作田，惫极不堪，归而詈挞交加，子好德亦忤逆，与妇共向，二亲暗隅垂涕，叹命坎逆，尝逼甚自经，为邻所拯。

婚二载余，母齐氏不堪待虐，投水而殁，父乃出外营生。至都赁一门市，纫履易扣，杂沓营计，勉强度日。后偶适一厂，亟求鞋匠，王得入，甫使好转。居市二十载，积钱二十万。一夕，觉昏沉无力，乃就医，诊非微疾，肝菌坏甚，恐不日将背世。自觉为日无多，归而思忖，不知渠夫妇性易乎！若能迷性克反，以不枉生此子，若能孝吾余日，自当赍二十万钱，若怙恶不悛，将从吾瘗之。爰税一车归，冀与子暂且陶陶。

至家，则子门庭焕然，楼宇高矗，俨然世家，王未敢入，乃咨阍人，阍人曰：宅主好德也！王曰：何营生至此丰腴，应云：屠牛得钱夥。王乃告，吾好德之父也，烦为白之。阍人入内，良久德甫出，视父衣不齐整，面如土色，心甚不快，未问讯，旋身疾走，父惴惴从其后，至堂中，坐于几前，子敛色沉压，父栗而曰：吾大病病，恐绝人世，今归而相谐，冀得晚况一乐尔。子呼妇出，妇粉黛朱色，丝纶飘袂，见阿公来，曰：阿公何落拓如此，来归乞食乎！父见妇言辱寒寒，怒而詈：汝夫妇富不长也，亦不寿也！妇亦詈"不死者，焉得嘈嘈，尔生子，子非养尔，今糊涂欲赖子，作囫囵事，吾家一食不予尔。父颤栗指妇曰：此悍甚蛮白，阎罗必勾汝福寿，何要我来哉！言讫，恚切出。妇曰：死者远远也！去而安好。令阍人逐之。

王反市，心冰冰，意切切，盥洗崭寿装，焚二十万钱，焰烈腾腾，赤影翻翻，王泪坠欲干，逆子悍妇无相好也！吾必诉于阎君，索其性命，方得报恨。入室而殁。

好德于室，忽偃扑闷厥，见父怒气而入，曳之而走，惧而醒，连称，怪哉！怪哉！甫思间，有人禀阿父去也！子乃携妇奔市，入室，父已殁，案几留纸一小字：逆子面端，余枉生于汝，固以为汝孝，怀羸弱之躯，冀一家陶陶数日，奈何受汝夫妇詈骂，汝之不孝，令人忾然，固以二十万钱遗子，怎耐汝福薄，吾焚烧之，吾殁将诉于阎君，吾以目俟尔！德以首抢地，非为父殁，乃为二十万钱，切齿曰"阿翁大不善，钱付炬一灰，死亦腾腾耶！"乃窆父草草也！

事毕，德犹切愤不已，妇亦竖发，詈翁无好，蹋蹋几数亦不足解膺也！夫妇闷煞。过数日，德忽有疾，旬日愈重，妇亦病，邻人延医，亦不知所因，三月双亡，楼亘连宇，亦为大流火所焚。里人皆言其报。

鬼役绾夫妇，往阎罗殿而来，稍不力前，则楚挞脊骨，夫妇号号，入阎罗殿，衙役两班，森森令毛竖，二人跽堂下，堂上一人，赤面紫须，峨冠珠缀，严不可侵，二人瑟瑟，朝上叩首。

堂上阎君厉言呵斥，俩忤逆人，须知人世作恶，阴司有报，汝父讼尔不孝，逼死所亲，当永受寒凄，乃令鬼使遣之青崖石穴，令其舐石啮金，封户任其，永世如此。

　　好德而不德，悍妇而不贤，自当由此孽果。劝世人莫好财，好财必不孝，不孝焉德之有，不德不贤岂可为人乎！

牛赶集

山东淄博，一农人，市一牯牛，毛色明丽，行健体伟，似有拔山之力，耕人喜，曳之而归。一日，恰逢赶墟市日，牛甫耕作，止而不前，农恚，以鞭笞之，牛顾首目恚农，惧而走，牛弃耕具，赴墟市，农从之，惧牛祸人。至墟市，牛似通灵性，行走如人，未见有乱行，农讶怪之。午墟市散，牛归，复耕耘，卖力无偏常。此后值墟市，牛赶市为常，农人知其习，懒而不顾，牛独往墟市，午回，无爽，如此三载，忽一日，牛赶墟未归，其邻告之曰：牛角杀一人。后告官，人皆曰，牛赶集当有恨未报，至于何隙，不得而知，官判无罪，牛回，自此不复趋。奇乎！牛有通人之性灵，世人应爱之。

仕女

　　黄捄者，宁阳人也。尝自古玩店，得唐仕女画，女华贵气豪，秋波斜盼，肤肌光洁，皓齿朱唇，捄以为天下美绝，悬室中，目注不止，对之曰：如生得此女，吾福也！言毕，忽见画中女，瞳稍转，唇缓启，曰：得君之情，每日灌注，今欲不负君意。自画中出，香溢满室，捄大喜，遂执女之腕，女无拒意，捄愈波浪，拥女进帷，遂成夫妻礼。自是，女每日出与捄狎。斯三载有余，某日正相拥鱼水，女黯然曰：西王母召侍，明日当别，君莫感伤。言毕泪下如雨，捄亦不堪。翌日，再视画中仕女，果无踪影。一张留白之画，闻之亦有余香。后捄思甚切，郁郁不释，不日而亡。捄思之画中之美仙，害疾而亡，憾！

真阳君

真阳君复姓欧阳子华，有道术，能登云入水，匿形而人莫知其所在也，取物亦如探囊。会上元，都邑四方咸集，影攒语喧，檐角悬红，笼悬门户，如月朗澄澈，光莹射宇，真阳游历都邑，感天地之虚静，人世之盛象，昕昕然。悠自前行，至崇明寺，见人簇如海，聒聒鼎沸，瞻之，乃社戏也。台上围炫冠明佩，丽服香弥，官家居之，台下平旷，扎巾者云集。栏围之中，有五人，中一者，虬须扎扎，目赤如灯，袒肩裸胸，余者四，一执短刃，一持阔刀，一横长缨，一擎重锤。四围虬须者，声厉厉，动速速，时重锤击首，阔刀断颈，长缨穿胸，短刃剖腹，虬须者颓然踣地。观者无不惊呼，虬须者暴惨，命可哀耶！看官亦竦栗。中有横长缨者曰：无妨，谓虬须者云，何不还来，令众哀惨叨叨。言讫，虬须者即腾身而起，依然曩形，台下惊且乐，一时大沸沸，良久渐息。复一童子出，约七八岁，小襟小裤，面洁如月，稚声童音，抖身腾挪，攀壁走檐，迅疾异常，忽跃上柏杪，摇摇似坠，甫立间，似为巨力推之，颠倒而下，众惊不已，首及地，轰然有声，然失所在，正甫疑间，童子自柏出。台下复大沸沸。真阳技痒，匿形于台，招一物来，天角兽，兽双角蠹首，毛色金装，真阳显形于上，台下大骇，以为怪。真阳曰：勿惊悚失色，吾戏而已，挥之，兽乃失。然后，于台中央，以白粉画一圆，众不解其意，须臾，云团四起，真阳足踏云而升，渐入云际。

予少时听祖言之，以事奇，故铭心至今，现为文述之。

莲妹

吴晓者，江城人也，夜寐，获梦，独舟采莲于陂池，忽巨风骤劲，舟覆坠水，自觉命呜呼，甫力挣脱间，似觉有物相托体，竟无水入腹，至塘底，见一绿衣女子立目前，拜谢，女子赧然哂，曰：吾本出园履闲，见君坠水，故拯之，汝和仙界有夙故坠水。女子邀晓步山林，步数武至一院宅，院宅气象非凡，皆木质，似人间之傣族，秀木繁盛，山石林立，莺啼婉转，芳菲满园，有玉兔戏玩于草，晓知非人世，亦不惧，女子引晓入一木楼，晓坐几前，女子为之茗，晓生窘状，女子亦无怯。晓曰：居此，汝一人乎！女曰：吾名莲妹，年方二十余，奉官之命守其荷，父母及妹居唐城，离此二十余里，院宅宽阔，唯月相伴，清风相和，世皆言仙之好，仙之烦恼，世人多不解。晓曰：汝形单不惧乎。答曰：吾有术，言毕，以手指草，草忽燃，火蔓延势大，晓骇不已。又以手指，火熄，草复如旧。女子忽黯然，谓晓曰：塘中一蛤蟆精，常扰清静，吾法不及，常避之荷藕深处，晓悯之，起而抚其肩，女子亦不拒，偎晓而依，体娇软，身散荷香，晓鼻吸闻，自持不住，意难控，以手抚其胸，入室，鸾凤颠倒，云去雨来一番。鸡鸣之际，晓拥莲女，莲女偎晓，时雾起荷塘，晶珠滚于碧盘之上，鸟语清脆，花含羞为风所动。蝶随花影，忽门外乱声四起，莲女瑟瑟，曰：蛤蟆精至。晓曰：勿惧，吾曾修过道学，况人何惧精怪乎！言毕，握一剑跳出，蛤蟆精斥：何方野人，敢闯仙界，挺棒捶晓首，晓仗剑迎，两器相接，砰然如雷，蛤蟆精泠然色变，觉遇力无穷之怪，不敢放神，久，晓力不支，莲女欲助，晓止。噪中生智，晓知蛤蟆精气入胸必毁身，故以恶言相加，谓蛤蟆之无能，为仙界之奇丑，蛤蟆精果中招，气大于胸，两腮尽裂，晓疾以剑入其喉，蛤蟆亡。此塘宁静无事，二人皆悦，五载，得一丁一女。闲日，晓谓莲女曰：吾离家之日久，欲归探，莲女遂一莲子，让晓衔口中，晓衔莲子分水而出，至家中，荒落无烟火，问及父母皆不知，晓寻一吴家之后代，言父母早亡，今已数代。晓分水入荷塘，自此，不出人世。

章
湛

　　章湛者，不知何所之人也。幼贫，好学，然无资入庠，窃学于馆外，诗赋皆绝。性豁然，会群贤，皆嗤之以贫，湛不上心，依谈若自定，言诗论赋。唯鲁生者，视湛非常，敬湛，以物助之，湛拒，心感其意，益敬。常与湛往来，某年春，鲁生邀湛同游川岳，至武夷，暮投一寺宿，夜，雷声大起，雨翻银河，鲁生怯，而章湛却淡然无常，目隔窗而远，忽见一山脊，立一巨人，黑须红脸，手持金锤，高举相碰，顿炸雷欲耳，湛知雷公，呼鲁生视，鲁生不见，疑湛言虚。忽雷公双锤直指，院中一柏击而焚，湛觉公怒，不再窥，良久雨息，复视则墨漆一团，风声渐息。曦尽阳出，见柏身焦赤，干裂条坠，湛言所见，众咸不信，谓所言虚，无实根。游历归，湛灵窍易通，无所不会，适秋闱，文气颇高，意贯畅利，高履入殿，授耒阳守，华锦还乡，后鲁生依湛，亦锦衣深宅。贫时不安贫，可得富贵，贫者不坠志，天遣神助，贫中友乃为真朋，鲁生是耶！贫可取福，章湛是耶！

王三

　　王三字思，邢州人。世信佛，其母日诵《观音大悲咒》，思亦诵《金刚经》。家虽贫，然相安和顺。某年，王出谋生，为大户起阁，楼至十层，其势高严，三心注砖瓦，忽脚下顿失，首垂而俯下，三知命休，闭目诵观音大悲咒，忽觉身轻，有云相托，缓缓下，竟立于地，身而无恙，同伴皆以为奇，一时名闻千里，众惑不解，问思坠有何觉，思曰：无它觉，心默念观音，身置云气，所以无事。自此，其母诵经勤，王三亦如此。数年家安无祸灾。王三避祸，岂非诵佛经之缘故。

童子

　　蜀地一童子，偶入山中戏玩，忽闻谷壑处，有二千古柏，曰：此地欲祸至，人畜无免，房舍尽倾，山崩地动，吾侪宜速走以避祸。童子闻而甚骇，归家，谓父母曰：今遭一奇事，吾在山中玩耍，忽听两柏树相言蜀地将有祸，山崩地动，吾骇而禀，父母责童之无稽，未置心上。五月十二，果声自天来，动自地出，伤及人物。柏树之语童子听之，天之泄灾，然人未解其味，故有此劫。

唐
人

　　某建筑工地，掘土夯基宇时，忽掘出一赤椟，椟整好无破，色泽明艳，启棺木，见一宫女，如酣睡状，肤色红润，少顷，起坐而曰：吾乃唐宫女，问及唐宗之事，如数家珍，似目所见，人皆信。宫女曰：固西安人氏，少时入宫，侍贵妃，忽一日无疾而终，贵妃葬之，至今已历千年，人皆奇之。

义
龟

　　彭城赵淳化，世信佛，常为善事。一日，在墟市，见一农人，售一墨头之龟，淳化视龟，眸噙珠泪，遂以五百钱货之。放之海，淳化归，见龟已伏其家。留养三载，放之于东海，龟去。翌年，彭城水患，宅没水中，伤民者多，淳化登宅巅，遽而无措，忽见浪中一墨头龟至，淳化知其所养，龟驮家人夺浪而走，至岸，皆生，龟复没于水。龟为淳化所养，知恩图报乎！人未必然也。

老
姬

一张姓司机，每驱车，辄见一老姬阻车前，下车视之，不见有迹，车驰，复见老姬，甚恐，不知缘故，恐身有事。一日，车至山中，适一僧，僧见之，大惊，谓司机曰：汝将有患，司机跪而乞曰：拜佛救之。僧曰：汝车中置尊观音，祸可消也。司机自佛寺中，请尊观音放之车中，复行车，不见老姬。世间非为鬼神，皆心魔也。

鸭帅

濮阳，一民子付明义，无它业，养鸭千只，每日逐群鸭于水滨，付常执一旗，以鸭演兵阵，鸭列水面，森严有气象，往视者无不称奇。夜宿，鸭居伏其左右，作护状，有张三者，借夜掩，欲盗，近，忽被木棓所袭，不见有人，首嗡嗡而遁。此不敢有所欲者。偶，付有家戚至，言食鸭，则口不能动，久才复，若如初，禁唇不复言食鸭。某一日，付正挥旗演兵阵，见水中鸭分集有序，喊声震雷，似有对阵厮杀之景，良久渐息。视水中，鱼亡一片，鸭亦有所伤，所视前况，乃鱼鸭之战也。付得鱼千斤，获钱万。物物相犯，自然而已。

神乞

　　乔武阳者，通州四河人也。少孤，父母皆亡，日乏食，乞于村郭，人悯其苦，施以衣食，得活成长至十五。然阳怪一事，每乞，必有清风逆旋从之，犬骇不敢近之，人奇，武阳亦不知何故。偶日，武阳休于树荫，咨清旋之风，汝之何物？请示身，言毕，风息止，自中出一青衣女，曰：吾受天命，护于汝，阳曰：若何？女曰：汝乃西山之神，因汝见辱女而未援，故帝俾汝作乞相，以赎之过，吾得帝命相从，汝续五载之苦方得脱，当还归西山之神，武阳忘前身，愈惑，不知女云之虚实。五载，阳居家中，忽天空云气飘渺，华盖车帘，乐声飘飘，有仙使官出，投刺带命，复阳西山之神，武阳出，挽青衣女，众簇而入西山，游辖西山，西山灵秀皆无事生，此武阳之功也！

蛇
人

安镇王篋，市集归途中，见一小蛇，金皮豹纹，奄息将尽，心恻恻，甚不忍，抱至其家，就医敷药，精心伺护，期月，病景好转，神归其体，初蛇周如电棒，养之十载，成蟒，鳞片放光，家不火烛，人蛇情盛笃，常相谐出户，周围注目以为奇，若人未归，蟒有盼意，蟒居家，人外事亦有归意，后知，国家禁，家不得养，送至观园，初入园，蟒躁，嘤嘤作鸣状，篋亦觉心有所失。某年，王篋商贾一山中，会一狼，篋疾奔，狼逐之，势情危，忽一蟒出，与狼斗，缠狼至亡，篋见之，乃所养之蟒，然千里，蟒何以知险，又何以至此。惑，不知所以，归，问侍蟒者，曰：蟒忽无，以寻几日，何至于千里，侍者以为怪。久和居，人蛇心相通，不以为怪也！

鬼赌钱

　　某君嗜博，夜归，过一荒冢，迷向不知归所，心沸不已，忽见前隐隐有光，大喜，近前探径，一人出，邀其赌，某君欣然应，豪赌一宿，得巨钱，天放白，隐闻鸡鸣之声，某君回首，三者已失，视己则坐草露之上，心骇惧，视其所得博资，皆纸钱也，某知越夜所遭非人，鬼也，与比人言此事，人曰：鬼赌钱。人有好博者，鬼亦如此。俗语曰：赌鬼，盖出某君也。

虎啸子

　　韩迎者，郭城人也。世以狩猎为生，一日进山狩猎，日曛无所获，甫欲归，忽见一小虎，韩击屠之，欲取之归，一大虎至，见小虎亡，仰天长啸，声震山谷，声凄厉，悲悲戚戚，韩动容，去，自此，不再狩猎。虎有疼子之心，人亦同。

鹿
女

　　徽州一樵夫者，年二十，好文，常恋山中之鹿，曾被鹿皮，与鹿活，鹿不识。某日，与鹿行，至一芳草鲜美之地，溪流潺潺，鸟鸣凤舞，仿佛天外之地，樵者怪，中一鹿，短笛横吹，清音袅袅，余者皆舞，舞姿妙曼，又见云气四起，众鹿皆成羽衣霓裳之少女，天姿妙体，风飘飘，衣袂袂，樵者目直。忽风中腥气重，樵夫知有猛兽至，俄顷，果见一豹，众鹿皆惊，举措失惶。樵夫奋而与豹搏，其身为豹啮肤，无惧色，卒力屠豹。群鹿皆拜谢，有红衣女者，见樵夫伤重，入林而去，倾，归，手取一草，嚼碎而涂伤处，刻，肌肤复好如初。众鹿皆言红衣女为鹿女，谐谓鹿女曰：郎君至，何不恋恋，女面赤似椒，众噱然。簇女拥樵夫至一洞，洞内遍奇石，天然巧夺，水漏之声清悦于耳，愈行穴愈敞然，行之数里，见屋舍，树影，入其间，幽而曲通，廊随亭而转势。鹿女拥樵夫入一室，樵夫曰：芝兰入室则香，女对曰：君子好述则盲，遂成其好事，众鹿皆欢散去。旦，樵夫携鹿女归，其父见之，举家贺，鹿女亦相谐其家人。樵夫父，因斫柴石动，坠伤腰身，卧榻不得起。鹿女曰：能医之。举家喜。鹿女去，约顿饭时，捧灵芝归，生火煎汤，持瓯奉使，父饮，无何，着地而行，好若初。家咸敬若上宾。自是，里人时见其宅院，群鹿晨至暮归。又数年，山大变，鹿女及樵夫家，皆不知所踪。鹿女玩之山林而善，樵夫迷之群鹿而缘。此非蛮力可为，人物相亲，自得奇景。

鬼影

　　山东石光，性好赌，子夜归过一乱岗处，忽有一影从之，走疾，影从之疾，心惧寒栗，报首走窜，呼声惨戚，见有人火落，影失，就地而灭，归家后，竟得怪疾，昏绪言诡，人不知言要，混涂不堪，就医亦不了病因，期月夭殂。影乃己魂，魂离魄，岂有活乎！

懒
汉

　　习州有李姓汉者，性懒，每作事觉身累不起，日不离枕席，好冥思，思府宅美眷。家人皆厌之，邻人亦不中目。然李无愧意，某日，有人耳傍语：汝懒必生疾。李惊惧，觉梦中幻语，辄未放心上，过数日，忽觉股内侧奇痒，视之肉色鲜红，隆起一脓疮，肤色溃烂，日夜流脓，疼痛不已，求医，不见有效。举家正踟蹰焦灼，自东南之墙壁出一人，身八尺，貌奇，指如钢针，至李前曰：汝之病，皆懒所起，如若劬劳必好，言毕，呼气于患处，李觉清爽，无疼痛。此，李勤作不息，每做，红肿小一周，复劳则又小，如此屡，肌肤如常，李勤，治家有方，得钱富，府宅院落森严，自老亦勤，不敢怠，后无疾而终。李懒转勤，在自身，亦在定数。性懒多疾，勤而无祸，此缄语当记。

狼舞

颖地一游者，入山游瞩，欲大解，蹲灌木间，忽见异狼，花皮杏眼，狼顾无异，以爪分胸若解裳，毛革尽，顿成一丽人，女子翩翩起舞，俄顷松条上，俄顷山石泉瀑边，舞姿曼妙无比。客惊骇，唇开而不能闭。欻有人呼客名，音出谷反，女骇极归原形，入窜山中而去，客出谓此事，众皆不信。

千年之参

　　抚州某君，居山皋，一日，出宅缘山径而行，见两小儿戏耍，欲前咨谁之子，稍近之，两儿走丛而没，君以为戏，归复见两小儿戏，趋，复走不见。翌日某君复出山径，犹见两小儿戏耍，近前复不见，甚奇，归，君见两小儿，逐至一树下没入土，君标志以归，归家取镢，掘地约两米，得双千年之参。以酒浸之，饮而飘飞，成仙而去。

电脑中人

方杰者，许昌人也。年少，嗜网游，湎游仙之戏，每醉其中，辄忘乎所归。家人，训而无所果，任由之，遂益狂浪，日待机前不归。某日，日衔半轮，闲步于网游仙境，忽耳际有声呼己名，杰视左右，无人呼之，目视电脑，见一仙屋有女出，口中呼己名，杰奇，问女曰：汝之何人？女曰：电脑之仙，名曰紫绛。又谓杰曰：汝常在家门出，吾视汝久，生情，不知可否并偕仙舍于飞。杰曰：汝之丽容，求之不得，吾于电脑之外，以何术入仙舍？绛曰：吾有一数据线，汝放之脐处即可，言毕，遂递一数据线出，杰大奇，疑似幻境，以手拭目，皆清晰，始信。得线放脐处，忽觉己变小，电脑内有无穷之吸力，恍惚间，杰已入，得会紫绛。二人仙屋之缠绵。且出。晚至，又入与紫绛戏，如此数月，其家人见方杰，形容枯瘦，问其因，不言，又数日，杰体更瘦，家人急，急寻医，皆曰无疾。又数日，亡。紫绛乃电脑之精，专吸年少之精血，有数者，为其所害。奉劝年少，沉湎电脑，终毁其身，慎之！

寻仙记

　　吾曾梦游环宇，寻鬼谷至云梦，攀岩钻谷数日，莫能见鬼谷之形容。偶日昏，天降细雨，雨打山间之青竹，发悦耳之音，又见白气绕山梁而走，吾复撑伞入山寻觅仙踪，当寻至山之西南，见一三角巨石，垂天离地，甚奇，双手抱石，目视云外，稍感石有所动，吾惊之，不知是何缘故，石移现一洞，洞内仿佛若有光，自明一片，吾悚身入洞，沿洞壁约十几米至洞底，有一道，甚宽，延至远方，吾顺道而行，道旁花草明媚，风不知从何而来，亦不知吹向何处，风中之清香，世间鲜有，蝶大如筝，树尽态古意，目不测年代，行至数里，忽见屋舍，皆白瓦黄墙，人影灼灼，女面如桃花，男如松俊伟。见吾生人，皆现惊奇之色，攀谈仿佛天语，吾不得其意，皆邀作客，至一家，松木方桌，银器金樽，酒香满屋，吾饮之不醉，仙家言饮酒如饮水，吾不见有烟火，奇，问曰：汝不食否？曰：有果，大果如头，小果如米，大果者，才博德高者食，客往来者食，小果者，自食。少顷，一青衣女，提篮而去，摘大果小果归，吾不见有树。奉大果于前，曰：汝乃人间之圣，当食大果也。吾食之，顿感六腑清爽，口留香不绝，食完感力之无限。俄顷青衣女引一老翁，面呈慈祥，眉发皆白，老者曰：汝为生人，不可久留，吾带你见一仙官，恐有机巧与尔语之，老翁让吾闭紧双目，吾忽觉凌空飞翔，如张两翼，约杯酒功夫，吾觉脚着地，遂睁眼，见一座仙城，华宫巍峨，门彩生辉，上书"仙王宫"，金气之光直冲斗牛，吾进得宫门，大殿之上，仙王凛然而坐，问曰：汝哪里人士？吾回：不知何处？又问曰：汝为何来此？吾曰：不知何故。仙王颔首，微笑有慈，汝位列仙籍，然俗尘未了，暂不能在此久居，百年之后，当归仙列，吾有一物赠汝，吾视之，乃一支五彩之笔，汝借此留文字于世。言毕让老翁引吾出，忽云气笼罩，吾睁眼以归，山石村庄宫城依依在心。

黑狐和白狐

　　皮山居二狐，一黑一白，常夜耍丹练气，黑狐旋大青丹，白狐擎大阳丹，山民夜解，数见赤紫二团，交替上下，若金龙舞，二团相交，声如雷炸，星火四飞，民大骇，忽火灭，山归于大寂，不复有声。黑狐好阴修，常作貌美之女子，诱青壮之人，媾取阳精，毕，噬而吸血，害男子之无数，白狐常劝之，"此举，遭天谴，难修正果"，言不入黑狐耳，白狐习吐纳之大法，以山中之灵气，除己身之狐味，渐入佳境，能腾云绕山而走，亦能幻出人形，黑狐亦能如此，然害人养气之习未更。山有兰若住冲虚道长，一日下山过陈庄，庄民言狐祟人之事，冲虚恚，挈锋入山觅狐，茂草深竹，溪流山涧，狼窝虎穴，未见狐影，折而进一黑林，行几十步，见一苍树，参天接云，于根处见一穴，其深不可测，风中淡淡有狐味，虚趺坐悬口，念动真法，约把盏工夫，二狐自穴疾出，虚提剑横路，黑狐曰：道门人，闲不惹非，何苦得失，吾未发难于汝，汝着兵犯某，欺吾尔。虚曰：汝侪修炼，岂可夺人之命，今不可释汝。黑狐动黑气之法，口打真诀，俄顷黑气向冲虚，间有万矢发，虚端容不惧，使团盾之法，黑气不得入，狐又使淫魂之法，裸女之无数围虚四周，虚坐闭目而不动，蓄剑气斩丝法破之，狐视冲虚道法高，急遁，虚使五雷天罡法，万剑齐下，斩黑狐，欲斩白狐，忽天飘祥云一朵，端坐老君，云：白狐乃修道家法，汝可放之。白狐拜谢老君，乃入林。后，陈庄遭山洪，白狐遣一大舟，拯山民之无数，民感其恩，修白狐庙，更皮山为白山。据山民传，白日见一白衣女子，腾空飞升，成仙而去，皆言白狐也！

于罕

涿州于罕，一日卧榻午寐，一女子入，以手捏罕鼻止息，罕醒，女笑而出，罕复寐，女复入，捏鼻止息，罕醒，女复笑而出，罕假寐，待女近之，阴扼其腕，肤白滑腻，视其十八九，容貌绝艳，杏眼含情，袅袅纤弱，罕不能抑，吻香唇，女无拒，罕忽觉，女舌长入喉至心，吸其五脏，罕觉已迟。貌美者，心歹，男以此警。

碧

玉

　　水丽山影，烟村霞路，白云山麓，傍一山寨，寨中有匡舒者，好猎，其家墙上皆狐皮凤羽，舒时与人言己猎术高，凡入山必负物归。舒有姑居竹村，往探姑，至姑家，姑置酒肉，席间，见一女子入，女容清静，目慧流彩，顾盼生怜，舒视其美，忘乎食，姑呼碧玉，碧玉见有生人，旋而走，姑问何事，碧玉曰：母呼婶饭食，姑曰：家有客，不往。碧玉去。姑归席，舒问其女谁？姑曰：庄东王媪之女，性朗活脱，舒曰：姑可为媒乎！姑曰：诺！姑至媪家，言媒，媪欣然，往视，舒皆合媪意。翌年，作喜，舒张灯结彩，喜跃门庭，吹吹打打，热闹异常。是夜，灯火渐熄，月上廊楼，洞房之内，舒视碧玉，美艳无比，妙不可言，遂解衣成事。更天，舒痛而起，一匕戳其胸，见女如狰狞之鬼，大惧，欲呼，却言不出口，女谓舒曰：吾乃狐仙，因汝猎杀狐类多，吾复仇，固欲取汝命，然吾心不忍，望汝置枪不猎，否则祸刻天坠，切记！言毕，视女，忽无踪影。晨，家人往竹村与姑言，姑至庄东，不见媪家，疑愤，乃信狐仙。舒胸伤年余方瘥。此不狩，后进山寻碧玉，人无其踪。狐乃灵物，害其族，必仇。人良其善。

鬼捆嘴

文昌一农妇，好言邻事，浮而不实，与邻触，恶语相加，邻不堪荤素，怯。一日，妇锄禾于田，忽有风旋旋，围农妇，杯盏工夫，妇觉风中一手，猛捆其面，风过，妇腮肿红如桃，嘴歪斜至耳后，邻言，妇嘴恶，鬼嫌之，故捆嘴，邻人皆以为泄，此妇不复恶，每恶语，其嘴必痛不已，邻人安。恶语向人，鬼不容，况人乎！

李遂

李遂者，平县涿青人也。好歧人之短，讥人之体缺，或讥目盲者，俭灯盏之油，或讥腿瘸者，难芸畦田，或讥口结者，言如登山。乡人皆劝其口善，遂迷行不更。一日，遂行于途，晴空忽坠一石，断其腿右，仆地，眼黑无所见，家人将其旋室，稍醒，知腿断不复接，二目无故盲，口言亦有阻。遂顿有三缺，此非人力，皆天意，遂有此劫，皆讥人之果。

郭大千

天阴昏，风怒号，南郡郭大千，独坐案前，目注于搜神，掩卷沉吟间，忽闻偏室有女子之笑声，郭疑，偏室久无人居，何来人声，起，移步趋前，近笑声遽止，似知郭至，郭推门入，弗无所见，回至书斋，笑声复起，郭疑是鬼，心稍惧。夜寝，郭酣深，一女子入衾，千有所觉，抚女，肌肤光滑，女亦扪千之私处，相悦而互狎，戏之，鸡鸣女子出，匿而不见。如此数月，千与女子浸浴情浓，互念不舍。千不知女名，女亦未言千姓。翌年，女抱一子，谓千曰：汝之子，当善养之，吾乃狐仙，名曰：娇莺。今日别之，移千里狐山，不复见，汝福寿薄，慎之。千泪不止，送莺至村外，二人相拥泣。千归视子，肤白粉脸，俊俏无比，日月丰相，养子至十五，子聪明非常人，所阅之书过目不忘。一日，千忽病，三日形容枯槁，千知不久将辞世，谓子曰：汝秋赴考，必得中，为官当为民计，可到狐山寻母娇莺。子垂首应，千闭目亡。子秋至赴考，果得中，后任监察御史，除贪官，挝恶霸，为一清官，民皆念其好。一午，恍然梦父曰：汝可入狐山，得见母。子赴狐山，呼母，一黄衣小帽童子出，言受遣迎公子，子从童子，遥见一户院，红墙碧瓦，朱漆门楼高参，入院中，玲珑景致，早有绿衣仙子，夹道相迎，中有一妇人，华贵韵蓉，亦趋亦泪，口呼吾的儿，子亦急，呼母，泪冲而出，旁者皆动容，无有不落泪者，母子得聚，悲喜交集，上下庆贺，筵宴至更天，母子秘语，自不必说。过数日，子欲归任，母曰：仕场腐，可早为图计，不可陷染深。子言是。子出，官十载，隐狐山。狐子为民，甚可敬！

萤火虫

　　赣县傅山，年十二，夏夜萤飞，与邻童逮萤于草窠中，见草尖萤火分明，欲捉之，忽萤状大如牛，疾奔而去，两童骇而急走，至家，身出汗悸，气出喘喘，家问其故，童言：萤变牛去。家人疑，与童返，皆无异常，惟星河银灿。

蝶
衣

符焕，故家之子，偶从垄间过，见花黄如金，有数蝶翩飞，中有一黑蝶，其翅如轮，霍霍有声，焕以为罕，奇，正张目间，忽有黄鸟，急袭黑蝶，蝶措乱，坠焕前，焕以一石击鸟，鸟走，蝶活。焕归，有一黑衣女从，焕问其故，女曰：吾乃蝶仙，蒙君所拯，拜谢。吾有一物相赍，言毕，取一黑罩衣，曰：着此服，可隐遁。焕披服人家，人皆不可见，去衣则见。焕觉神，后，焕以此为盗，盗物狎女，民官皆见物少，不见有人，邑里怖恐。某日焕正待盗，蝶仙止为，怒斥之，以为害，收衣而去，焕被捉，官知事由，囹圄梏械，流远他方，焕以宝致害，犯仙之局，仙不助纣。

鬼
宅

罗萧瑀，因外任而举家徙，留一宅邸，旷无人居，院内草深过膝，户棂蛛网，瑟瑟阴森。邻常见夜灯火通明，人声嗷嘈，有胆壮者，往视，则匿无声息，去，则人声复起。邻人皆言：此宅凶，有鬼气。有一莽人，不信邪，入住，晨不见出，邻人通户视，已僵硬气绝。后，邻人惧，无人敢入户。偶一年，罗有差旋里，家住十日，无有邻人所说，安无事。罗去，是夜，复如前，灯明人影，邻人怪。罗外官，正直无私，民敬为青天。家虽无人，鬼守之，人皆曰：罗之造化，体民察情，鬼亦敬，为之守门。奇乎！冥冥之中，自有定数。

屠
夫

　　一屠，杀猪羊无数。卒，鬼役带至阎殿，王见屠恚然曰：汝杀生多，气重。屠曰：吾不杀生，世人何以食？王默然，旁薄官曰：屠寿以尽，当罚宰狱以受屠刑，王曰：刑免，当披豕衣，还阳去，鬼吏领至家，以棍猛击首，屠惧，醒以成豕，家人骇，屠入圈，以猪身活。屠化豕，遐迩闻名，皆杀生多！

蚁
国

丹阳齐生，好善，识博，其居旁，有蚁穴，每春夏秋，蚁进出洞，备冬之食，生常以面包糯食之，生视蚁之无数，搬食往来，心甚喜。偶一日，生为蚁加食，忽一黑蚁出，身大如兔，对生作拱状，似恩生，生奇，后黑蚁身小入洞。如此三载，某夜，生寐，忽有两黑衣童子，谓生曰：王邀赴宴。生从童子，约行百二十步，至一城郭，见宫城华丽，楼阁殿宇，非凡气势，空流暖暾，地发金辉，至宫门，石狮两列，毛抖威风，朱漆大门两厢洞开，灯华照耀，宫女身着彩衣相迎，进殿，一王端坐龙椅之上，生行跪礼，王下龙椅搀扶，曰：汝是蚁国恩公，岂能让恩公行跪拜礼。幸得恩公数年济，蚁国甫丰衣足食，今请公至，享蚁国之荣华。俄顷，香案花果，玉液琼浆，丝乐声声，翠钿微微，倩舞飘飘，中有一红衣女，高挽云鬓，容雅丽脱俗，双目流慧，生以心猿，忽女子款款至案前，手伸望空取壶，为生倾茗，生阴抚女腕，女嫣然而旋舞。王视微颔，宣将小女红棉，许于生，即刻洞房，生与红棉入凌霄罗帐，游巫山云峰。翌日，生着红花，游街三日，名显俊逸，举国欢腾，生春风入怀。自此辅王料理国事，国强民裕。偶晨起，王谓生曰：吾要东迁，此处将水患，人畜不复存焉，汝归为之图，安好，可至珠山峰下，龙头石旁寻。言毕令人送出，生醒，梦象历历，往蚁窝，见一大洞，始信，告里人，人皆不信，生举家迁，后，果天倾大雨，银河翻落，人畜无存。生得荣华，皆爱蚁，生有治国之才，而废红尘，惜也！

鼠盗

　　平洲有一国之仓廒，守库者李易，恚鼠患，食粮之数石，鼠屎如山，曾养数猫，皆被鼠噬而亡。易无计，常抆泪而叹。偶夜，库有烛火，嚓嚓有声，易起门隙窥，见数鼠，忽作人形，皆荷粮而走，至洞，忽洞大可入人，鼠荷粮挨次入洞，已入，则洞复如锥，易大惊惧，此鼠精也，国之害，鼠所盗何止财物乎！

云中佛

牛丸县，一书生，途适雷大霆，疾奔至一弊寺遮雨，雨骤风野，霹雳响寒，檐雨如绳，约一个时辰，雨渐止，生出寺，仰首忽见空浮祥云，金光四射，云头隐现宝座莲花，上座一佛，生忙拜，后云气隐隐去，生信有真佛，每日持经文诵，是年秋试，堂皇入殿，官至相宰。生所见命佛也！

楼孝儒

　　句容楼孝儒，家有富资，年且古稀，曾有同里王进借钱五千，亡而未偿，楼见其家贫，未索钱回。偶一日，楼散闲步出，忽途一小人至楼前，谓楼曰：汝知王进乎！楼曰：王以亡，同里人。小人曰：还欠钱五千。楼奇，小人曰：吾今奉王太守之命，奉钱五千，言毕示楼从，至一古松下，曰钱在此。楼曰：王可安乎！人曰：王善，以任阴司句容守。楼叹，两世命不一也。遂破土余尺，得一陶罐，中有五千钱。楼谢，小人亦缓入地，不复见。死亦还债，真善也！

吴文长

吴文长，字泥平，淮楚人，家殷实，少聪颖，父延师授课业，《尚书》、《论语》能记诵之。年十七，值秋闱，父促之下场，乃具川资，控一骑赴往，道中，有一丽人控黑卫行于前，吴视丽者艳罕，尾缀之，女郎时顾矗眄，吴大忻然，遂促骑与丽人并辔而行，丽人曰：德登徒子何痴相从。吴曰"艳绝乱人心者，愿与相好。女哂而莫应，徐行数里，已而日旰，女曰：至家不远，如不嫌鄙陋，可御寒露也！吴曰：诺，如此则讨烦了。复行二三里，有村落矗矗，皆白壁赤瓦，楼宇连次，佳木繁花，相杂交接，非人世所见。

吴自语，何来佳美地，女曰：此云秀山，仙人居也！言讫，女曳之而行，越数进，入深宅，至东廊琼碧，置酒款筵。吴不胜酒力，数瓯渐迷，揽女入怀，欲舌接洽，女未力拒，舌舌相游，女已酥也，入帐帷，解衣就枕，缱绻意浓，及旦，女已亡去。吴则衣着寒露，顾视，村落杳然，惟一大石冢峨立。吴知过宵所遭狐也！然心不甚惧，反冀复会。

及大明，乃策骑疾驰，不日，达长安，下场，意气飞扬，文采骏驰，连三场皆魁，擢拔洛阳守。吴归第，思女甚切，然不知女之迹，徒增烦闷耳！

吴赴任，经洞庭，会岳阳盛事，乃登楼揽胜，洞庭浩淼，烟气腾茫，帆往舟疾，中一红舫音声袅袅，首坐一弹琵琶者，容丽雅致，绝类女，而弦音悱恻，幽怨凄凄，吴心有所动，乃下而呼榜人维萦柳下，舟止，吴履接舱板，咨女姓氏，女乃停弦凝眸，言名，蝶云。问所擅，女曰：惟善弹而已，乃令弹《飞花春》。女乃调弦，玉纤拨弄，清音妙曼，似珠玉落盘，又如檐滴青石，泠泠作响，弦中似有新愁旧绪，无限缠绵。吴神住，音绝，不能回复，女觑之，云：郎君，何故失神，一副痴痴样。吴曰：妙哉！此曲只应天上有。今赴任洛阳，尔愿从乎！女曰：落拓伶优，贱身焉敢伺君乎！若不嫌粗陋，愿为君温席。吴大悦，遂偕蝶云至洛阳。

吴任三载，蝶执帚相奉，时为调弦，吴亦唱和，两相谐洽，后举一男，名曰：吴冼。

吴冼总角，母忽殂谢，吴大恸不已。逾年，吴偶感风寒，病日益持重，觉离世无何，诸事休休，惟念念儿幼，无人抚育。一夕，方将火烛，一女入，吴视之，面稔，知云秀山仙女也！女谓吴曰：别数载，时叨吴郎，怀思殷切，今见之，吴郎何羸弱至此，景况甚哀。吴浼女拯之，女曰：某非铁石，然郎君命薄，寿当尽。吴沉噎戚戚，向女云，仆去恐子无依，托为之安，女曰：诺。吴曰：如此，仆亦安安去，言讫而殁。女善后事毕，携吴冼入云秀山，待如己出。旬岁，授以丹道之法，冼聪慧异常，天性极高，所学皆得妙髓。女亦喜，又授以天清上法，能驾云游历。一日，女谓吴冼曰：汝已自立，吾不能颓尔志向，汝可向尘一观，或有所遇。

吴乃辞女而出，驾云至金陵，于紫金山，降得云头，视山势嵯峨，翠木碧色，冼喜，足缘堚而下，入市廛，见人皆以巾裹首，惟露双目，讶异，责一丽人，丽曰：雾霾所致。问何谓雾霾，女曰：乃废气毒尘也！吴抬首眄穹，自语，吾知之也！帝造云天宫致也！云天——帝之新都，宏阔无疆，雾霾云天之霄屑，世人莫识之，吾当诉诸天帝，复得澄宇。

乃匿形入云，至云天宫，见神兵上仙，穿梭不绝，依然碌碌，搭椽铺瓦，木屑飞溅，迷蒙殊甚。吴乃请见帝，帝于普贤宫见之。帝曰：天旭上仙何来？吴不知就里，帝何言仆天旭上仙，一时惑窍，帝知其疑，咥然曰：汝前身乃天旭大仙，司日月。否，孤焉能见尔？所来何事？吴曰：天造奇宫，尘粒四弥，下不甚其苦，咸以为毒尘，今请帝令司尘神百消为之粪除，让民复仰澈宇。帝曰：然，汝之宥黎庶之心可嘉也！遂令百消粪除玉宇。

消遵帝旨，乃出一大囊，八维具罢，以真法收之。无何，天开蓝形，宇澈澄明，日光万普，一切真实，物晰人怡，川岳鼓腾。吴复归金陵，后九州游瞩，每见不谐，或请帝命，或令诸神，俾为安妥，

吴在世百哉，世无有不谐，后帝诏，居天旭宫，为天地执要。

蜘
蛛

　　甘肃玉树荣乐格玛家，屋角间，有数张蛛网，忽一日，一网聚数百蜘蛛，蜘蛛缘网作周舞，时风渐大，舞时良久，民皆为奇，中有一喇嘛骇，谓众曰：蜘蛛舞，人将哭，此处将有祸，众皆笑。喇嘛望蜘蛛拜，遽网断，蜘蛛随风而走，远而无所见，众惑，数日，玉树地震，墙毁屋塌，死民无数。蜘蛛通术，民愚不开，故灾至民无觉也！

羊
斗

渠县民范积家，养十羊，有二公羊，好斗，常两角碰触出星火，人以为惧，而羊乐之，一日，范牧羊于野，一公羊低首嚼草香，心神凝聚，一公羊从后数十步，目凶然，足踏后步，两角平移，作冲状，忽疾走奔前羊，猛击羊尻尾，角由肛入腹，前羊顿毙，后羊首不得出，窒毙，二羊俱亡。阴袭致两伤，何不明伐，得一存活尔！

蚕虫

　　荆州有民妇虞氏，家设蚕屋一间，养蚕数匾，蚕食桑声如雨，虞每入蚕室，蚕皆仰首视，似礼，偶夜，虞氏听蚕屋语声哗，起往觇，见数羽衣女，舞歌于匾上，虞惊奇，稍有响，则入匾成蚕。此，虞待蚕益勤，自是夜夜歌舞，管乐丝竹，音非人间有。忽一霭暮，虞正坐织，有数羽衣女入，手皆握一金，中有一素衣女，谓虞曰：吾曹天之仙，今欲返宇，辞，特奉金谢惠，虞不舍，女亦不舍。出，皆飞升而去。后，虞富甲一方。

犬
官

晋一家，以养犬名，其犬百二十只，家以犬治犬，任一壮犬为官，特做一官冕，一红袍，斯犬头戴冠冕，身着红袍，在众犬面气足傲，每训，犬分大小各一，如有不守犬之规也，即令众犬噬，众犬惧，无敢违逆者，犬官洋洋乎。后，其家业毁，众犬染病，相继亡，独犬官无碍。众犬尽，犬官无施威之处，郁郁不得欢，每日，绕屋转，或狂吠，或疾奔。据一邻曰：此犬失官，气血壮顶而疯，人亦不理，翌年，犬出未归，道亡于乱草窠中。悲乎！浮迷官途，犬不明一理，众生皆平等，激显己，终获万古之凄凉。

党虚然

党虚然，朋之父，性耿，滕郡人。家有鸽数百，晨飞食于野，饱而归。偶，有青羽鸽暮归，衔一兔置院，党态悦，以为神，每青羽鸽回，必负物归。党待之如子，一日，鸽立党肩谓党曰：吾目可测物，能助汝获古物。党喜盛，从鸽至一渠，曰：汝可掘。党掘深数尺，得一青铜戟，后每从鸽，必可取古物，数年，家古物琳琅，有好古者，常携金买，党富邑无敌。有一贼窥党物久，夜逾墙入，得物几，欲去，忽鸽至与之斗，啄目，目血出，弃物，党醒率家人力围，捕贼送官。党谢鸽，鸽曰：吾庄西党图，亡时困葬，幸汝助得安，今化鸽报恩。阴王视吾涌泉，遣吾为荷泽令，吾去在今日，党曰：为官直，不可辱心。图曰：谨记。言毕鸽亡。当厚葬之。自，党疏财散物，济民多，党百岁无疾而卒。

黄鼠狼

师某，不知名。夏月纳凉，俄谓家人曰：吾疲，欲眠。至户卧榻，目视梁顶，见一黄鼠狼，对其粲然，师大惑。翌日，与家人言此事，皆惑，不知福祸。邻有二子，忤逆，常榜母之皮肉。黄鼠狼常将其家之物移于他处。一日晨，二子辱母，黄鼠狼疾出噬二子手，二子指皆破，皮不复前，溃散其臭，二子日夜疼嚎，数日一死。殓，殡日，忽棺中咚咚有声，启棺，一黄鼠狼疾出，黄鼠狼杀一子，留一子以终其母，孝鼠狼也！里人感其孝，膳鼠狼祠，人常见鼠狼出没于祠，里人每祈必灵验。后师家得一子，皆鼠狼一笑也！

胡
成

郴州一重民胡成，尝一庠毁旧楼，底有一石板，以电钻碎石，钻头击穿一椁。胡未上心，启棺一尸完好，胡见尸目有恚意。数月，胡坐工地与人闲话，突一钢筋自空下，穿胡顶而入五腑，胡顿毙，状如钻穿椁，奇也！

花妹子

闽地有吕翁，近天命无子，其家有林园，方圆四五亩，园内遍植花卉，四季花皆盛，馥郁香溢，花明景灿。翁常入花间，理枝给水，一午卧花间亭寐，恍觉一人拽其衣角，吕从至一殿，殿角佛铃风动出清音，殿内送子观音坐莲台之上，容慈，吕拜祈子，忽耳旁有声，汝待花诚，百花仙以为求子，十月当显娠。言毕，顿风起，吕瘩。归庐与媪言此事，媪以为痴幻，不足信。枫红寒山，媪果重身，吕大喜。告四邻，邻俱奇，贺翁晚福。翌年流火，得一女，女生时，邻皆见吕户霞云遍绕，光射九天，数日厚香不绝。女出即能言，自曰：花妹子。邻忖异，吕寓无驳。十数载，花妹子及笄，清眉柳腰，丽色殊容，遐迩邑里。有豪强丰游，涎花之色，备金媒姻，吕拒，遂怀歹，通官，以犯蛊入狱，丰趁吕室弱，率驺从数，逼妹强纳，花逆，锁扃，夜，花妹将动忽闻语：妹仙无忧，可出，花妹见数十女，中一女以手指扉，锁落，开，既出，欲走，惊丰，人嗷嘈，忽女皆持青峰，一霓裳女剑取丰首，驺从俄顷为女毙，又一女，手举风起，一女手举，火蛇狂舞，焰沸数进，舍顷覆。众女视花妹，无踪痕，寻间，花妹手拎官首至，后从吕，是夜，吕携宅眷迁，众花仙亦随。复日，官捕至翁家，屋园皆无，追数年，无耗息，吕匿处深，戚邻皆不知。

营散

营散，邻姑之子，茂华，一春日，郊游，过田塍，忽见一女且奔且泣，营驻问其故，女曰：夫休，舍无处，营悯，邀女共归家，至家，双老见女子有姿，容清媚挑，欲纳为媳，谓女曰：将为家媳，可否？女颜缓，低首曰：然，请为侍。双老喜，置粉奁操营之婚。旬就。待蕊露，娇千百媚，肤润吟喘，营悦，得其女如宝。三载得一子。偶日，一翁问门，女见之骇，翁曰：胡秀，随于归，无嗔。女曰：无意回。翁渐愤，营问其理，翁曰：吾女之父，春失，三载未归，今寻得，当携女离。女曰：非吾父，乃风魔。营欲袭翁，翁口有词，忽风大作，昏暗夹界，顿一屋倾，女曰：勿伤我夫家，旋即持绫舞，与翁斗，但见绫飞处，雹纷不计其数，风渐息，而翁不弱。以手捉绫，拽女疾去，薄暮风乃止。营伤年许瘥。不知女为何物！

湖

怪

琼西有一沸湖，湖中多异鱼，水温而能浴，四时烟笼湖面，近民咸入湖沐，且不生疾，民皆以为怪，似湖底有鼎镬，架薪之上。数年如此，吴郡一客，闻湖异往视，立湖岩眺，忽见水沸波高数十尺，波上一怪，牛首狮身，六足似鱼蹼，龅牙约十寸许，目頳，见客须臾没于水，客大惊。谓民云所见，民皆疑。再浴湖辄寒而彻骨。始信湖中有变，何故令湖热冷，不知其由。

蝉

　　石村童荀甘，好嬉，夏，村树多蝉，鸣声噪四圩，荀率村童者五，着具粘蝉，时荀捕一金蝉，入罗脱不去，忽蝉昂首啸，声如猿啼，身大似猩，声传数里，声毕，荀见空有数千蝉疾飞而至，所过叶落萧萧，荀大骇，五童四散奔遁，千蝉围罗垂首，金蝉出，有四蝉舁一椅，蝉坐，面众蝉，俨然王，良久，千蝉拥金蝉往西而去。后荀诛愚，家亦困贫。蝉化身入尘，荀待以邪，蝉亦降祸于荀，故尘世花草虫兽，人皆惜之。

柳行

豢州柳行，通相术，每相于人，必灵验。尝有一女子请为面，柳曰：胡家女，勿滋事，女哂而去。数日，女携一翁至，翁年逾艾服，翁请言宅之风水，柳曰：可也！随翁至一山下。见一深宏院廓，楼宇气崒，古木扶疏，柳驻望，院中一石，接地参天，有字隐隐，女娲彩石赋，柳大愕，分明洞府，谓翁曰：此宅仙灵华华，非凡人所居，乃天人也！翁称意，置宴接遇，佐酒，樽频近暮。柳乃醉侯，上灯乃辞，翁祖送。赠一玉璞，柳揣玉归。至家，作灯下观，璞上字明，乃参悟天地，大为修道之语。柳按此修，百年，冉冉升空，成仙而去。柳遇者乃度仙也！

鹅照镜

　　吾去年旋梓里，与里人话常，听邻言一怪事，南村陶俑家，饲鹅十余，中有一鹅，蓝羽黄冠，每临水，必以喙理其毛羽，净其蹼，毕，方戏于水。一日，陶妇以鉴梳云鬓，鹅立旁久，妇戏言：汝欲鉴否？鹅低首数下，似谢，妇奇，以鉴示鹅，鹅揽镜自照，仪态神扬，左右端倪其身，如儿女情致，妇甚觉可爱，又以胭脂涂其脸，鹅嘎嘎不禁。以后，妇镜，鹅必镜，怪哉！人揽镜为瑕，鹅揽镜自美也！

康
多

蜀川有樵夫康多，见山中之异多，或群狼围虎，或狮噬食斑马。每与人述异事，能使人欢哈呕噱矣。夏月凉院，邻皆纷聚相与谐。偶日，入东山伐樵，忽耳嗡嗡鸣，视前约五十步，有一物光华夺目，若舟疾飞，所过处，木如利锯皆腰折，兽瑟瑟伏地，皆眦裂而亡，俄，光滞于一石之上，舟南闸出数小人，手持短刃，近兽剖其腹，取心胆，置一皿中，康懋，旋身欲走，中有一人曰：有人气，有一小人持刃奔康，突见紫电一闪，康觉脑木，肢无力，阴感小人拎其躯，置间屋，茶盏，人挨次入，闭扃。物起无声，不知白驹所过多久，落，有人曰：勿用，不与尘有隙，去。。康坠，翌日苏，四周潢漾，不知身所，视其臂，皆白毛约几寸许，康数月甫归，谓里人言此事，家邻亦唏嘘。

铜
秧

　　铜秧者，祖之少嬉伴也。听祖言，铜少聪，颖慧为群伴之首，常与伴游绳戏，所玩之绳出神入化，如金蛇狂舞，每舞四旁叶皆瑟瑟离枝而下，风旋劲疾，嬉伴皆服，推为绳神。一日，铜夏凉树下，于席寐，有一伴来呼，忽见铜旁立一金甲，叱：公寐，当远离，不可噪寤。童骇而走。铜醒于伴戏，伴谓之曰：汝有神卫，铜懵然。铜及束发，昏暮，有二公牵白马至，请铜任夔州王，铜往夔州，路行，马足裹云，少顷而至。城华丽兀耸，高檐丹阁，赤云盘绕。早有一彪人马，华罗伞盖，拥铜入城达内城，则管弦丝竹，八音相和鸣妙。娥眉蝶舞，铜坐龙椅，早有文武两班立，口呼万岁，铜曰：众卿免礼，本王初登大宝，还请众卿辅佐。铜颁一道谕，举国腾欢，大赦。民皆言王贤。铜为夔州王，百年，民安集，国禀殷。

克政

洪峒城隍，贪利，世人离世入冥，置城隍驿，皆要魂魄至其家，索钱万，不从，遂以重刑令其身破肉裂，新鬼无有悖者，城隍拥钱亿余。人鬼皆忿，无有上言者，悉知官相护。有南闱村贡生克政，古稀卒，收城隍，城隍索白金千。克拒，城隍遂以逆罪，下重监，命吏杖责数百，克号痛不已，然骨气存，吏使油镬，投克其中，克眦目怒向，吏架薪积，克亡尸直而不屈，抛克于阪。克死气存，恍惚至州守处，击鼓鸣其冤，守理其案，问其故，克诉城隍之贿罚。守曰：待察其情。退堂后，急星驰城隍，城隍懀，遂遣驷马贿守金万，守复如城隍刑拷，克气绝，魂游离暗狱，心奔冥都，冥都雾霭茫茫，若浮海之上，寻冥王，忽道人声喧哗，威严不俗，有八夫虎轿一顶，克跪轿前，有人呵斥，此乃包爷之轿，去。克仍跪不起，轿中一黑者出，公问由，克述其情，包怒气圆目，此祸国贼子，当诛。遂令王朝马汉持牒速拘城隍州守，崇朝带城隍州守至，案问贿金，城隍州守皆招，累及数人，判城隍州守入斩狱，终日受斩刑，困寒永世，不复超生，余者发陲远劳役。因克正秉天地，赴任洪峒城隍。

狐

兵

李生，成都人，秋试，暮雨，往投荒山兰若，戊夜，雨止月出明光，生因惧而未安寝。忽闻院内扑扑有声，如兵阵之操练，遂下榻，穴窗窥视，见数列狐，训演兵，每狐皆执柳叶弯刀，月下光寒烁烁，一狐执旗，旗动狐化阵形，或圆或方，或蛇形，或梅花形，兵列退进有序。李通易，骇而失色，自云：国将有兵燹。东曦既上，狐乃去。逾年，国果乱，兵燹四起。狐练兵以应世变，有先觉也。

山
怪

龙吟山，有兽怪，赤毛金尾，龙首虎足，山民常见其负石而飞，晨出暮隐，一樵尝伐樵于山中，甫兽负石飞，石遗于樵前，樵拾石细观，乃玉石，世罕见。樵喜，归，邻人皆慕。过半载，欻家中无缘火起，房舍皆尽，焰中一兽蹬空而去，樵所捡之物，乃天之祸也。

卫
骄

　　卫云之子，卫骄，尝少与童伴戏于东海，忽海浪急涌，出一人首龙身之物，骄骇而走，物逐之立其前，曰：勿惧，吾乃龙子，可与汝戏玩，骄止。骑龙脊驰骋于海，数日，迹留四海而心洋洋乎！及弱冠，龙子邀游于龙府，骄见龙宫光华，晶莹丽豪。一须髯老者，呼骄入，汝和小儿金交，予畀汝一物，可善藏之，老者于一玉匣中，手取一珠，名曰：生物珠。可生多物，不复止，切不可妄用。骄拜谢，出海归家，以珠试之镪，放珠钱于瓮，忽镪溢于瓮，此家殷实，时济困民，生无有乱。骄物有所用，得物乃真，故生而无忧。

马
氏

　　泸州马氏，少尝习道于华野真人，略通术，常食朱丹石粉，三子不解，言母食丹药之害，母拒，仍持朱丹啖之，日不见少。如此九十，欻一日谓三子曰：予欲去，勿哀，腹泻三天，卒，值炎夏，尸数日不腐，且发香气，尸解成仙而去。

张木匠

　　湖州张库，擅木工，鸟兽龙蛇镂于梁柱，人物如生。时人许之曰：张鲁班。张有糟糠，体孱弱，张每籍出，妻无人理会，张辄刻一婢，婢动如常人，为田提汲补缀，洒扫执炊，复刻一武士，坚守门楣。张外安堵，数年之不爽。逾二年，张谓妻曰：帝召余起一阿阁，吾十日归，勿窆吾于地下。言毕，卒。十日渐，张醒，疲极，云：阿阁已成。长休百日元气乃归。张年九十，欻空云气暧曃，有仙官从云中出，奉帝诏张，羊车华盖，张举家随云车冉冉升空而去。

邢媪

邢媪居泠水侧，少寡，有子邢富，商贾，往来于吴浙。媪一人居家，时家宿狐数，媪常以饭食狐，其室暗而竦，庄人莫敢入其内，有村童假物于媪，入屋，欻一周粗如臂之蛇，悬梁而下，饮几杯水，有龇牙狐临童嗤，童骇而疾出，归家，得肤癍，积半载瘳。值泠城郭外展，媪居有碍，媪拒迁，官衙驺从痞霸众甚，往媪家蛮，痞霸搭梯登屋，皆自凌空而坠亡。一附从欲毁其门，搴帘辄入，欻目烈如针刺，退出目以盲。斯夜，官衙焰腾数丈，寻官长皆无首。此无人敢近此居，亦无人敢谋。后，子邢富弃商执政，官至御史，尝旋家，婢无数侍。媪岁百卒，翌日辨色，邻闻狐嚓嚓声，似军列拔向北而去。此屋无邪。

乔庐

兖州乔庐，年及弱冠，与友同登荆山游瞩，日昏履石径下山，行至山根，见一白鹤卧草窠振飞不起，乔近视，鹤断一足，悯其情状，遂抱而归，以药草敷之，逾三月伤瘥，乔放鹤于荆山，鹤频顾乔，入云际而去。五载，乔因父疢，医资耗尽其产，困顿途穷。一曦白，有数鹤飞于乔院，半鹤衔草，半鹤衔金，乔以草熬汤汁令父饮，十日父痊，形如从前。其家获鹤之金，裕于乡野。乔家解厄，鹤之报也！

雷劈

予少听祖曰：西邻有童张旺，为富户牧羊，过油菜田塍，以鞭笞菜花，花坠纷然于地下，一季油籽无获。刘麦有庄汉夫妇午不得回，富遣张携壶浆往，途中灌屁于瓮，庄夫妇食而不知。欻空墨云四合，炸雷劈张于畷，背脊墨字：鞭笞菜花，臭屁灌瓮。罚雷劈。为恶者，不论长幼，阴损，皆可受天夭。

刘子安

刘子安，金陵人。为人戆直，业渔，偶一日，于青玉潭捕得一金尾鲤鱼，归途中，忽有人呼子安。刘环顾，空寂无人踪，觉篓中有声，开篓见鱼呼，鱼曰：吾乃青玉潭王，汝放归，必酬汝，刘乃放鱼于青玉潭。鱼谓刘曰：汝稍俟。入水，俄顷，一小舟至，舟中烁烁，刘视皆罕见之珍宝，鱼曰：以珍酬不杀。汝若有求，可至潭焚香，吾出见。刘获一舟奇珍，归，此，不渔，家殷厚，时接济梓里。后刘九十卒，邻皆见刘登舟而去，瘗刘惟寿装而已。

扫
尘

　　抚州杜焕彤，粪除城路，年十载，风旋落叶，雨泞泥沙，皆恪守位置无偏移，不更情志，而禄锱铢，时人劝其易帜，皆粲然拒之。一早除尘，见道旁一叟奄奄病状，遂扶归家就医，数旬乃痊。辞馈一帛，又授数语，忽帚飞尘无，欲谢，叟则倏然不见。此，杜解除尘之苦，杜得福，皆志坚心善，怀纳宽大。

狐附体

予远戚家媳，一日往井汲水，归而蹇涩，欻仆地口出白液，自云：南山封狐。家人欲扶入室，媳起而奔，夫逐之，至一河，媳下河济水而过，夫怪，媳不能泅，今何能便水而行。约行二三里止，有愈相，夫及挟而归，数月昏沉不明，遍求医皆无良方。有翁曰：韩庄李半仙，通术，可伏狐，遂请李消狐灾，李入舍，媳以梃击李，李怒，狐嚣，予必无生还路给，曳媳手，以金针扎虎口，夺狐双目，堵狐路，媳嗷，复以金针扎人中，伤狐心。媳乱腾，状如宰鸡，良久乃安。翌日，宅后草窠中毙一狐，黑毛金首。此，媳如常人，问历之事，皆无所知。

问阎

常山冯公，百岁卒，冥使引至阎殿，阎以先生礼待之，上香茗，与冯对坐，纵言，冯曰：余学而未敢怠，腹非草莽，纳瑈藏珠，何未及第？阎稽前生恶录，曰：汝尝负一女，汝父殁，女为父缞服麻裙，女视汝为夫，而汝过事休之，令女侘傺，遂阴钩仕途。汝一事谬，万事皆善，冥察汝功，冥仕可达，今楚缺州守，汝可赴任。当可善而为之，勿作奸犯科。冯感荷，服更持牒至楚。冯推孝廉，祀河神，重农商，三五载，楚丰庞。后冯蹿进冥都官，盖功显使然。

火云山

　　德州一里落，有廪生华聃，性敦良，好辅邻里，村左近一桥毁，尝出资缮。村西五十里，有山曰：火云山。风烈岝崿，光明葳蕤。一日，华往山中游瞻，进一洞，内甚宽敞，见壁上有龙头丈许，华叩首，欻龙口喷火液下，及地成金锭一，再拜，龙口复流火液，复次成金锭一。又拜，则龙口扃。归，与里人言其事，后与乡人回视，不见有洞。华龙口得二金锭，乃合缮桥之资。

卢

登

　　闽中卢登者，性谐，擅口技，游历于四海，岁除旋里，至绿龟山，卒然一虎出欲扑卢，卢愀然作色，栗行不便，虎近之啮卢，卢仰天长告曰：吾命归龟山也！言毕，见一老叟，履疾如风，口呼孽畜，惮勿伤人，声及虎耳，虎伏不动。叟前谓卢道惭，叟端倪卢，曰：汝奇相，可授汝一技。乃就虎脊力拔一毛，植至卢顶，卢耳鸟音传响，言语晰亮。卢辞叟归，能懂鸟之言语。而技愈精。

女巫马三娘

郑公邻比有巫马三娘，笑伯之箕帚。三娘邪鬼气，言通冥域，谓里闾曰：尝游瞩冥域，见道上皆恶鬼，鬼使兵驱之，去而复来，复驱，如此往复，兵厌，乃请神收，有金甲千，擎罗，各获千恶，乃逮恶鬼万，束之置一金丽腐池中，池恶臭熏天，熏七日，乃以火炬之，焦七日，复归前，恶鬼不堪苦，日夜嚎啕。马见之大憓，私咨鬼使，恶鬼者谁，使曰：阳官私重财利者，入金即腐臭，冥之酷刑。马出阴，多为善，邻有冥事求之，必无禄而竭力。亦将所见白于郑公，郑敛行藏善，清闲自逸，晚况堪美，盖郑公律己慎行所得。

金

盆

谭旗，钜涿人，饱儒，通四书，钳五经，天象地文悉知，授学私馆，一日与诸生纵言鬼谷，言及鬼谷所失，乃惋叹，揣鬼谷十四为归一。鬼谷前分捭阖、抵隙等皆散分技击，战国以求裂和，后归一，故归一当鬼谷十四。言间，忽牖外紫霞飘涌，隐隐一赤须老者，良久乃去。谭疑鬼谷至。数年谭徒遍四海，皆扬鬼谷之学。谭院户中庭有一井，每满轮，辄有霞气喷井口而出，数载如此，谭以为奇，邻人亦奇，都敬为神井，有邻人汲水甘冽。一夕，谭至井汲水，视井中无水，惑，正踟蹰间，见井底射金光，遂入井得一金盆，谭出井，井水复如前。

鸟
怪

　　琼林山，佳木繁秀，寒流岩穴，山风起而空张，木苍玄而意古。其间，兽匿于丛林，千年未见人迹，悚然毛骨，有樵尝见一鸟，其首如虎，其喙利丈许，其羽赤如蓑，其声啸劲厉耳，每鼓翼如团焰，遮日覆林，兽见之，皆伏尔，山民不知何怪。

徐烟

徐烟，涟城郡人，丽貌稔色，慧流传云，莺语扬声，尝有一封狐觑其美艳，每日从徐，欲附身于徐，近身，辄为徐心胆正气所射，不得徐体。如此数日，徐恚，以言告之，狐不听。徐无谋。偶一日子夜，徐梦寐，见一黄衣童子持碟，言城隍令召，徐从童子入一城郭，见城方正，紫槐千藤，花大如斗，进殿，殿上端坐一人，容肃凛然，徐叩首，殿王曰：汝贵为仙子，乃西王之小女，今邀为汝清秽，闻一狐扰不得静清，复遣黄衣童子持碟，温酒之间，童絷一狐至，徐合眸定息，知其狐乃日从之封狐，辄听城隍曰：汝嗜美艳不思修行，恶生邪念，今发遣夜郎，望汝静心守直，如若不然，天谴之日不期远。狐诺，有吏押，遣于夜郎。后童送徐出，徐梦醒，自此安平。

陆
姑

陆公，宛阳人，其家殷实，性喜善，仗疏财，有一女名曰：陆姑，及笄，容清殊秀，皓齿含香，艳生华彩，擅女红，陆公待如掌中之丽珠。其邻比吴公，与陆公交厚，常吟谈诗酒，花影甘醴。吴公，有一子吴生，倜傥风流，俊目慧额，读史通经，诗书绝颖。二公尝戏，两家为姻好，陆姑言紧。某年春日，光景无限，莺唱柳间，吴生郊外游赏，有一小轿过其旁，风吹绣帘，生视一女郎，艳丽非常，轿中女郎亦见吴生，叱曰：何处狂生顾我。生逐至一寺，两丫鬟扶小姐入，生亦随入，女焚香旋儿急走，落一罗帕，生捡藏其怀。归视帕，牡丹生艳，一女执团扇，花间扑蝶，生迷不能自禁。逾半载，生体枯瘦如秋叶，吴公问其故，生言此事。吴公和陆公榷，吴示罗帕以陆，陆异，分明小女之物。陆归家谓女言此事，女感其痴，约为白头。两家共聚筵席，陆姑嫁日，忽户外一童女入，拽陆衣啼，陆慰之，所见之童女亲而不疏，陆花轿往吴舍，童尾随，途半，欻女童失，翌年陆得一女，貌如女童。后吴生秋试举为冠军。

犬
子

明州有重民顾山，其豢养一牝犬，孕二年，不产，家人怪，以为假娠，逾半旬，欻产一婴，人状所具无憾损，顾养之，年及总角，聪慧无比，教以六艺，皆悉通。人敬之神童。其时，有州守鲁京，困开山道，至一山角，辄风裹碎石，工不得进，州布榜四海以求能士，童闻之，揭榜，家人骇，问可取乎！曰：小技耳。随吏往，折柳盘上至山角，风疾碎石滚滚而下，童定若，手持柳望空旋，忽一金鼎自空砸角，角破得一赤毛怪兽，童奋腾跃其背，窜入云中。后工作业，无它异。

猫怪

某商贾于外，经年不归，其妇独卧罗帐，每夜辄思痛彻，祈夫早得归。偶凉夜，有一白猫，遍体似雪，嗷叫于窗，妇驱之，急走，登榻，复来，复驱，如此屡，妇寝不得息，鸡鸣则无踪迹。夜半，复来，嗷叫于窗，妇谓猫曰：汝适何事。猫戚戚泪下，吾乃汝夫，商货于浦口，坠水而毙。今魂魄不得归乡，故化猫与汝言。言毕，猫失所在。翌日，妇往浦口，果寻得夫腐，自船载归，瘗乡之野，自此妇安。

储

君

储君于途中见一物，其大如狸，去前五十步，或左作拱状，或右作伏状，储疾逐之，狸入水而没，储履五十步，复行于前，储惑，谓物呼：汝为何物，何故从吾行，吾乃家物，汝祖遗，当相见耳。储曰：何物，当见之，俄，金光射目，视之，乃一金猊。

某公

某公，无文曲，然好风雅，每诗贤文鼎集，辄趋合，文星纵言而某声喑，咏必谬以千里，众贤以为庸，毕，则訾短。众渐恶之，而某颜厚不以为耻。偶一日，行于庭院，仆卒，魂游至阎府，王厌其秽，命鬼摔之，赴号狱，刻号腾不能止，目眦尽裂，肺涨肠断，毙，倾复生，复号腾不止，再毙，如此往复。某不堪其苦，哀求阎，阎叱某，若消苦，每日诵论语，以君子之言行，加于己身，某诺。阎遣鬼使使其归。某醒，每日诵论语，言吉迈德，名誉遐迩。

曲
意

　　曲意，字长明。时任梧州守，政声恶，待民以苛税，刮民膏以润府。梧州民沸多怨之，有焚纸人以禳折其寿，曲亦知己待民如虎，然不能束己之行。有一耆年老翁趋府前，役喝叱之，翁谓役云有事言于曲守，守出问翁是何？翁瞬盼曲良久乃曰：汝福已满，三日当归城隍。曲即令役捕翁，翁忽失所在。曲骇，三日方曦白，曲梦鬼役锁其魂魄，曲从鬼役之庙宇，殿城隍端坐于上，曲战栗觇视，大骇，殿上之人乃翁者，甫知翁乃城隍。隍谓曲曰：汝厉民苛政，黑气冲于冥府，阎恚迁于予，令吾絷汝罪罚于席殿，察汝极恶，当受旋浆之刑，即有鬼卒捉至忏室，卒出，忽室旋曲从不能止，室壁万彻曲游其间，俄成人浆，如是三载，后身作野犬，终日奔腾，不复人身也。

邻之二犬

邻有二犬，主人常与之戏，甚狎，主人外出，必左右从之，若主人适险，二犬必啮护其主，主人深喜之。待之以厚，二犬为主人蹲守门户，财物无所损，主人常与里人曰：吾得二犬如得二牙将。然主人亦尝患二犬不忠信，一日，主人谓二犬曰：汝忠乎！二犬皆曰：忠！主人曰：皆知犬以食粪为能事，今汝二犬自屙一便，可食否？二犬面相觑，亦知主人试探尔，乃各屙一便，吞之，主人大喜对二犬之信不疑，数年，主人老也，壮势以去，主人呼二犬，二犬皆有恚意，主人鞭笞，二犬扑共杀食之，主人死而不悟，常辱二犬多耶！犬之为犬，言何忠信乎！

狐与鸡

老狐以食鸡名遐迩，声恶垂世，小狐羞，负荆至鸡舍请罪，鸡以为虔，共冰释，自是狐与鸡戏，布告于群鸡，时鸡亦多，狐亦多，共舞乐甚，亦时见啖舌尔，然无一鸡惕，欻一日，群狐与群鸡同戏于场圃，狐忽作伐，共杀群鸡食之，狐正贪欢，忽猎十数围而歼之，猎得狐皮数张。鸡以为狐我友，懈防，狐趁隙而入，鸡覆亡，皆耳软于狐，悲乎！小狐狡胜于老狐，益悲！人狡于狐，亦悲！

钱
魁

　　钱魁者，孟州华银人也，尝任乾州守，访民情过一破庙旁，有一佝偻妇，发髻散乱，褴褛破衫，乞食于道旁，钱见之，遂济钱百，妇人谢，谓钱曰：三年汝当蹿进为宰，钱欢嗼，以为妇恩之辞。三年果得玉敕召为宰。钱入京光耀，渐生傲意，僚皆恶之，一日，钱蹀躞于京，复见佝偻妇，昂首欲过，妇前曰：大人三日当黜归。钱惛怼，呵妇，忽促所失。三日钱果黜官。钱归思妇语，乃悟命也！然岂不是人为乎！（83）

素娥

素娥者，李乡绅之女也，十四五，流光韶美，皙白妙颜，口守皓齿，杏眼含黛，每出，年少皆争趋之，欲睹娥容，娥恶之，辄闭户稀出，偶或年少于窗竹月下歌戏之。李忧女，恒惴栗，欲谋姻，邻落有古翁，家资足，其有一子，名曰：古云。云自幼好儒学，通五经六甲，媒言悦两家，两家俱喜，是年腊月，李完女之婚。娥入古宅，执炊洒扫，侍奉公婆，贤孝持家，邻里誉其德，二年孕喜，举家皆欢，待产之日，歾殁，家哀逆厄，瘗之东南之垤。

街口王二，业以烙饼，每饼一钱，归计饼镪，总少一钱，王怪，不知何故，如此数月，王阴窥，每日总有一女子来货饼，王阴留一钱，以水试之，则钱浮于水，王遣一伙计从之，行数里，女子至东南之垤失，伙计标记之所，王领人者数，掘宕歹，启梓器，见内有一女如生人，旁一子男哭，古家闻讯，复墓，喜抱子男归，自是，王饼镪不少，亦未见其女。人皆言素娥贤，鬼而养子，故称此子为鬼子，鬼子聪敏，后官至御史，其村亦更名鬼村。

楚妇

楚地有一妇，刚直性躁，某年，其家起屋，卓午，工人甫歇餐，有一黑犬叼一人首放至中堂，众大骇，以为不吉，妇见大喜，谓众人曰：无害，大吉，吾家乃人首，方圆头一户。数年，家果殷实，财积如山，为四方头一户。故晦物无害，不吉乃大吉也！然人多骇不吉之物，孰不知不吉乃为天降奇吉哉！

庄

梁

庄梁者，齐屯人，酿酒为业，所酿清冽香溢，四方皆喜饮庄之所酿，庄不因网利欺人斤两。庄尝加屋，及上大椽，忽有一皤犬，缘椽而行，少顷乃失。此庄业益盛，资益大。庄九十而逝，后子庄闲，续业，不能遵父训，以糟粮为酒，且短斤两，业渐淡，某年端午，有赤犬行于屋脊，邻皆见之，是夜，火起于灶房，父所置业一日灰烬。自此大窘。父子所营期，见不同之犬，是故不同德而已。

柴坟

　　河南某地邬君兰，官至尚书，得上之颜悦，常与上议国事，其光焰射朝堂，同殿皆慕之。某年回乡迁父茔，至父茔，见父茔柴草郁茂，焚香襀毕，即开冢，见父冢柴根草根缠错，密封其冢，梓器黑明，启棺父如生时，年逾十年而不腐，斯父窀岁于风水之地。邬不知而无心毁祖之风水，岂非天意乎！自是，邬不得进，约五六载，竟左降为守，后又黜官，归得乡里，怊怊而终。

田二疤

田二疤，不知何地人，相丑，龅牙，秃顶，人见之皆恶，田虽貌丑，然不惰怠，其家院内外污，皆由田粪除，家日三餐亦由其担，田从未与父母言其苦。冬寒瑟瑟，人皆卧榻不起，田每日丙夜起打扫执炊，每启户门，辄见一玉兔从左右，日半旬皆如此，田怪与母言其事，母阴使田俟兔出，以腰裙覆之必有所得。翌日，田起复见玉兔，辄解裙覆之，得一玉兔，其家至此发迹，后田娶女秦氏，得二女二子，二子为官，儿女皆嫁好夫婿，田亦得晚闲。

熊
环

　　熊环者，渝州人也，好勇力，口有绝能，饮杯水，能溉数亩稻田。尝有邻田裂请为之溉，熊即饮杯水，纳气吐水，口如喷头，绵绵不绝，邻讶异。有少年拜而求艺，熊曰：天生之能，无技可授。少年悻而归，熊以此能，惠及乡里。某日雷暴，熊觉体热，欻身出鳞片，首生双角，竟得龙身，破窗而去，熊乃龙也！

丘
济

　　祁阳民丘济，伐宅树，树周三人合，树心空洞，卧一巨蟒，丘欲屠之，蟒乞曰：吾乃护汝之神，不可害，吾可足汝三愿，丘曰：吾屋破可更之，蟒曰：可也！丘却顾，青砖金瓦，院落俨然。丘大喜，复求仙子，顷有绿云翠钿羽衣霓裳仙子，于院中施施而行，丘即与仙子狎，情妙蕴华，但得世之奢.。丘即复求车马，顷青车白马至，丘所求乃世之妙。生当如此足也！

奇树

　　刑北有树，不知其名，其高百尺，方四五十，发香数里，树巅有凤凰，连岁迎朝日而舞，午则匿隐，后有好事者欲擒之，张罗以待，罗歘自燃，复张，复燃，其人骇，自是，未敢搏动。

奇
洞

　　荥阳公牛山，有一奇洞，洞口唯一身入，入洞则大而无垠，余生，尝误入，洞内有一树，阳出入则周百人抱，待阴，则细如管锥，树旁有一鬃兽，不得其名，阳入则口吐烈焰，阴则烈焰更为金山，余生，获数金，出，以绿竹标志，后寻，则不知所处。

枣树

　　咸宁王福，其家有一枣树，黄帝时一飞鸟衔种坠其院而生，其树葱茂百万年，其枣大如斗，枣熟则自失，时人未得尝，王福以为怪。某年树绕瑞气，枣熟无数，枣挂无数，熟不坠失，福取之而食，忽体轻如羽，能飞空自如，家人食亦如此，邻人食之，亦能飞空，自是，树虽茂而不结果也！

蛇

人

蓿州满明，性温敦，业渔，常捕流水溪，溪岸花开艳艳，芳华缤纷，偶日，满习捕，有一红鲤于舟前，满力捕终不得，随行数里，鲤忽失，满欲归而忘其途，复行百二十步，得道缘溪而行，见一落，房舍栉比，屋角勾连，砖青瓦丽，有人高丈二许，皆蛇首人身，满见之悸栗，欲抽身而走，有一人迓之，询满所来，要其至家，家舍碧煌金灿，倾茗香，壶杯皆金器，问祖乃西湖青白之后，满言其白蛇之奇，蛇人注目聆之，如闻天语，蛇人感其言祈珠得二婢，复祈金数万，自此，富无人及。后邻人按其说，寻迹迷踪。满百岁，有一蛇人至其家，以羊车载满出，家人随至流水溪，失向，邻里皆言流水溪，乃神地，遂刻蛇人于溪前，四方朝拜，祈愿无有不应，县宰筑庙塑像，邑即风调雨顺，四时皆宜，人多高寿，邑人见蛇，皆护若子孙，蛇亦不伤人。

李生

　　蜀川李生，性率脱洒，好异事，偶日，于家阅《搜神》，忽见一七彩蛇缘厅堂木柱而下，周粗如臂，李生稍惧，蛇绕柱七而走，李生从其后，蛇缘青墀过回廊，至东南院角，即昂首啸，音刺厉射耳，缓进一条石中，生异之，即掘深数尺，未见彩蛇，忽见一玉匣，放银白之光，生取匣开示，得一玲珑玉壶，壶不过七八寸，壶身着一龙，龙口为壶喙，生用红绫裹放至堂桌上，忽闻酒香四溢，生奇，乃倾玉壶，忽龙嘴出醇酿，饮之满口生津，非人间所酿，复饮数十樽，壶内酒未见少，有邻人家喜事，生用壶酌酒，客遍饮数盏，而壶酒未见其穷，乃知生所得神壶也，生尝细审壶，见一小字，"天壶果老"始知此壶乃张果老所用。数载，生家来一骑驴老人，生即知为果老，即执壶奉老，老曰：汝善，今吾寻访欲度成白仙之功，汝是第一人，乃为九仙，生从果老云升而去。

玉箸

　　大球郡吴凤仁，商货于钱塘，途乏郊外，便急，就树溲溺，尽欲去，忽闻树中瑟瑟有声，吴近视，见树孔内二鼠把玩双玉箸，吴觉奇，遂以声叱鼠，鼠惊而去，吴得双玉箸揣怀中，自思量，玉箸何用之有？不得其解，迷蒙至一山，山上强啰众，截吴之财，吴见状，仰天曰：吾劫难逃，中一魁伟凶汉，举刀疾奔吴，吴骇闪，欻怀中出二剑，直取汉首，众强惧，欲走，有数人非入，二剑凌空疾如电，顷刻，数人毙，众贼怯走，二剑复旧玉箸入怀中，吴忻喜，知玉箸乃宝也！日衔半日，吴宿一馆，店主人言客满无房，吴视前无村落，寒旷之地，急谓主人宿一宿，主人曰：此有一间，恐客官胆怯，不敢入宿，吾曰：无妨，但得一栖身所，何敢剔之，主人曰：宅西北有一房，荒久，常闹鬼，无人敢入。吴平素有胆识，乃承应，伙计导吴至荒屋，吴草草拾掇，裹衣卧榻就寝，时窗外玉盘高挂，青光穿户，吴睡意不浓，想白天之事，甚奇，又思离家三载许，正思绪惨惨，忽听号声四起，有数狰狞鬼魅，执各种利器向吴，吴竦栗翻身着地，正踟蹰间，有白光从怀中出，耳闻嚓嚓声，良久乃息，玉箸复入怀中，吴探首张目，见地有各种利器，夹杂各种毛血，有数十狐皆首身分离而毙，复入睡则寂静无声，酣梦至曙晓，起盥洗毕，至前厅于主人别，主人讶异，问夜宿所遇，吴曰：狐媚尽也，主人趋步荒屋，见狐数，乃谢吴，款待吴四五日，吴辞主人星驰归家，行五六日，过一村落，见村落人丁稀，吴惑不解，询一老人，老者曰：村外一河，有恶蛟，能食人畜，村中人被食者多，所惧者则奔突异乡，吴曰：吾能除之，即至水滨，以大石击水，忽河水急滚，有丈许蛟出，吴怀中玉箸，则化二剑疾向蛟，蛟口喷烈焰，复又喷冰球，二剑翻飞，竟不得近身，二物纠缠，难绝高下，忽二剑发雷鸣之声，直冲云霄，叠为一剑，剑大如门板，威倍增，破球入火，斩蛟首，首身落处化为一山，后人名此山为蛟山。吴除邪物，民感谢。吴复行三日至家，甫坐定，一道人启扃入，吴以香茗待之，道人谓吴曰：汝有二剑乎！吴骇，问何以知之，道人道：吾乃钟馗，此剑乃吾所失，名曰：雌雄伏魔剑。今汝得剑，鬼神亦惧也，然吾当收，言毕，忽二剑以入钟馗怀。馗曰：五载后，汝至蛟山，当为仙也！五载后，吴于蛟山果飞升而去。

狐三妹

保定王生，负笈往京秋试，途适遇一小轿，朱帏绣幰，风掀帘起，生视其内，一十七八女郎，慧光含羞，艳若仙子，生注目，小轿从其旁而过，生良久乃神归，怅怅而行，日晡至一山，但见翠嶂连绵，瀑流哗响，川岳之景收于眼，心悦，忽见山阴隐隐院宇，生步趋前，恰一绿衣鬟出，丫鬟惊惧敛容，定神而视曰：何处狂生，竟入私宅，生曰：吾非歹人，入京文宗，不想暮气盈覆，求栖一宿，丫鬟阖扉，间短，启扉要生，生从其后，环视其院落，芬香满园，山势奇绝，廊檐迥曲，入一厅堂，见一十八女郎，觇，乃白日所见，心沸沸而待，听女郎朱唇微启，王郎至此，令闺闼生辉，王端详，艳胜白日，乃吟道：花生空落无人见，泪失孤影月华前。女曰：花尊合心暗思度，亲可挽玉入室怜。王即拥女入绣帏蝉帐，云雨巫山，自是快活，遂成好事，日干而起，暮复入闱，温柔香风盈室，风流二佳双舞。数日，王辞入京，女曰：吾实乃狐，名三妹，王郎此去必不杀榜，得意归乡，再来续缘，王含泪而别，生入京秋试得三甲，挂红披绿，跨马游街，春风溢怀，锦衣还乡，携狐三妹归家，三妹至王家，上孝双亲，旁和姑俚，夫妻恩爱，鱼水情笃，翌年生一子，取名王野。野智巧聪慧，伶俐可爱。一日，三妹谓夫曰：吾将舍世而去，勿怊怊，王曰：体活，何出此不吉言？狐妹黯然，天机，王怎知之。逾十日，狐委顿不堪，渐失容颜，复三四日殂谢。王伤不已，半载，王登崇外任途径尤山，见一女子，容似狐妹，乃呼曰：三妹，女止，回首，果三妹也，夫妻得见，自是一番别样风情。王怪死何以复生，狐曰：吾确死，前日二郎圣君，游历人间，哮天犬捉吾，二郎圣君欲镜予，吾申诉，二郎神君禀帝，帝赦吾，复得生命，未想在此得见郎君，乃天意如此，狐曰：郎君何以至此，王曰：外任过此，狐曰：郎君此去必不吉，此官途薄也！王信其然，乃与三妹遨游山川，后双双得仙而去。

瑶
琳

鄱阳褚生，少学于塾馆，师誉其慧，凡所授皆悉熟，通五经，解论语，意独特，每与师对，不怯于师。时有岳阳文友，咸集岳阳楼，煮诗论赋，褚生言辞清婉激扬，以岳阳楼诗则有：楼高瞩洞庭，诗成君山明。又言：云闲水无心，秀木傍山灵。众生乃称褚俊良，一日，褚往长阳诣故友，晡夕，投寓于一敝寺，一长须僧迎迓，褚生乃坐与相谈，所谈皆唐宋诗词，褚生得益匪浅，归室不能入寐，视窗外，斜月西沉，有微光透户穿榻，正思接长汉，忽听破垣外，有女子吟曰：姮娥广宫桂花落，春雨总把柳吹醒。反复吟诵，声恻恻然，褚生递曰：白絮凌空虽无家，无根无绊到天涯。一朝得地留长梦，徐风弄枝锁烟霞。生吟毕，女子欻失。生怅然天明，天明遑暇，生转颓垣，见草色无际，高冢隐隐，惟西南一冢，有异象，冢旁古松参天，松身刻有：瑶琳之墓，生思必女儿家亡冢，如此孤影，栖息凉地，悲悯情生，吟道：白絮凌空虽无家，无根无绊到天涯。甫欲言下句，忽松内有声出：一朝得地留长梦，徐风弄枝锁烟霞。褚生大骇，然视无恶意，即朗声祷曰；可否一见乎！曰：夜相顾也！生忻忻然而归。是夜，褚生正翻阅韩柳，一着白裙女子入，玳瑁明珰，肤皙若水，唇含珠玉，约十四五，生大悦，灯下睨之，疑仙子也，女曰：吾名瑶琳，君乃上才，特来拜诣，生曰：闻汝：姮娥广宫桂花落，春雨总把柳吹醒。令小生仰慕，然且何置荒草之地，瑶曰：吾本西安人，随父货商于此，不想突染寒热，断肠而殁，父以早殇，未得家葬，故栖凄冷寒湿乡。今得遇君子，乃吾之祺福，愿为君执箕帚。生遂执女手，拥卧床榻，唇舌相合，晶珠相叠，破瓢见心，一番巫雨云浓。露晓，女子遂别而去，夜复来，如此年把，情渐缱绻，蜜意无限。一夕来，面褚哂，生诘问何喜之，瑶曰：吾可长久侍君也！生问何故，女曰：城隍见吾孤苦，又觉吾不该早绝，今赐一还阳宝镜，以阳血滴之则可，生而乃破中指血滴于镜，俄顷瑶琳自镜中出，生畅畅而抱瑶，瑶则泪溢盈眶。褚生遂携瑶琳归里，自是生活，生有三女二子，二子皆榜名，女亦嫁富庶人家。生百岁卒，瑶琳亦卒，家将二梓合葬，冢忽失出一古柏，上有二鸟飞鸣，时人不知鸟名，皆言二鸟为褚生瑶琳之精化。

红秀

钱塘属江南之地，柳烟桃秀，桥映婉水，鸽鹈天鸣，城中有一巷，名曰：陶三巷，巷中一户人家，姓仁名席，家有一子名曰：仁贵，年十五，颜色俊俏，天灵聪颖。其家有绣坊，专货天堂丝绣，其子仁贵虽男身，却工于女绣，所绣花鸟鱼虫，龟蛇猫犬，皆鲜活生动，四方遐迩，女争相师之，中有一红衣女，约十八九，名曰：红秀，艳媚无比，声娇如天籁，所学极精，贵极喜，也曾延时私授，耳鬓厮磨，日久辄渐生情意，一夕，红秀绣工收欲走，贵牵衣留宿，秀赧颜未拒，夜遂同榻而寝，秀体散麝香，贵手觉玉笋乍暴，女手则腾蛇游龙，年少乍遇，恰似干柴烈火，相狎至鸡唱。自此夜夜必相宿以狎，光阴荏苒，日影轮换，一载有余，忽期月未见，女未辞贵所言何处，贵翘首冀还，终未睹容，而乃凭忆，乃素绢刺红秀像，成，悬于室，终日凝思，难遣心扉，益见鬓黑，骨立形销，逾半载而殁。殓下窆日，家人舁棺往葬，半道，忽一红衣女哭奔而至，其呜呜戚悲，口言仁郎何离红秀而去，家人乃知此女为红秀，惟不知其女何故哭子。女谓家人曰：可启棺一视乎，家人未应，欻女出红丝数，挽棺疾奔而去，俄顷乃没。至一琳琅院落，启棺，抱仁贵于床榻，秀辄口出赤丹，以舌度仁口，丹入，约把盏工夫，贵腹咕咕作响，慢启目，若方醒。而丹即还红秀口，秀曰：仁郎醒来也！贵见红秀，泪倾而出，两相合抱，各诉衷肠，仁贵曰：汝何故离去，想煞人也！红秀曰：仁郎自不必言，吾尽知之也，吾家遭变故，父母皆遭猎获，而祖母恚而亡，吾操家事日许，亦知尔忧思，甫欲探，知汝殁，故引汝归。吾乃实告，吾非人类，乃千年狐，修幻而成人形。自是二人工绣，竟得天然造化，为山川着妆，后天帝敕二人为：绣山大神。专司九州众山之貌。

猪坚强

蜀川游葛尔家畜一牡豕，饲二年余达三百重，其家喜，以为年财，甚护之。约半载，忽蜀地山川大变，冥界鬼翻，屋塌垣圮，此牡豕葬于荒墟中，七日掘出，牡豕壮而不疲，时人以为奇，遂披红以播扬其弥坚，是夜，人皆梦牡豕谓众云：吾名邱梁，居绵州，专司财货，因于冥域淫人妻，为冥王责罚作豕，鬼捽吾至游家，幸游待为上客，使吾居食无愁，吾感其惠，灾至，使举家活，因吾拯活于人，故阎，使吾存，非他力能久立也！诚告世人，勿悦色而私藏人妻女，则祸及不远。晨，里人皆言同梦，始信之。后牡豕忽失，游家得一金锭，游视非世物，乃造祠而拜，乡人祈福，所求未有不灵验。

某公

　　某公，不知何地人，一日忽周身遍青紫，某不知何故，家人问之，痛否？云：未有不适，未觉痛疼。是夜某公梦一青衣人，谓公曰：汝行不善，故罚之，如善为，必肤有所易。公醒，思己尝任郡守，搜民膏而入私库，让一善者负恶声而殁。公思，必冥司以察吾罪，若不服，祸必至也！此，乃俭行，邻比有角童，肤溃血不息，其家贫窭，公辄出金助之，逾二年瘥，公视身，青紫稍减。复有二孤，学有成，欲入京秋试，无资斧，公乃赠金助之，后二人皆入进士。公肤青紫复减，此公力行善为，五载所行善为多，遍身青紫失。人若行善，躯必坚而不坏，必能正于阴阳二域。

笔
神

凤阳尤生，喜词赋，然终不得佳句，甚苦，每思则如枯木，珠滞神痴。一日正在斋中，写落花赋，笔底出：落花辞世土清雅，琼林满是芳香雨，春染玉颜，秋至叶疏句时，忽闻壁间有声朗曰：此句大雅，尤回首视，见壁间出一细如竹管之人，向尤拱手作揖，谓尤曰：吾笔神也！每见汝为句所损精神，辄深悯之，今吾为汝除虑，尤道：不知何以除虑，望告知，笔神云：以吾为笔，必词花迸暴，言讫，则化为一五彩笔。尤大喜，试之，所出皆华丰章麟。尝著笔神赋一篇中有：天生奇笔，绘锦绣乾坤，万物端始，毓灵秀高尊，郭璞之秀翠，灵运之山水，梦里桃花美，笔底香风吹。尤自得笔神，昼夜游曳，所学益精，所著益泛，万千景象，皆有所涉，垂天之作，收凌云从仙阁中。

狐
试

欧阳俊生，友之子，性温，博学，尝游瞩武夷山，迷失于一谷中，见百花盈谷，树茂齐风，瀑流清响，鸟啭悠扬，欧阳觉非人间，然日渐茫，无心流连，惟恐出不得谷，遭虎狼啮噬，正惶遽无计，忽一山石耸动，见石门，门启，有数青衣女出，列阵迎迓，中一黄衣女，就前谓生曰：君才博，诚要为权知贡举，生遂从女入，足履登百阶，至一宏院，院廊无垠，楼檐层叠，勾角相接，女簇生进一大殿，殿内设几，几上置笔墨纸砚，几背皆坐一人，男女相杂，生见乃考场，黄衣女引生落座，恭待，请以为题，生沉吟久，出一题：人言如心。此题一出，黄衣女色悦，向众生宣题，众生接题，耳闻纸笔唰唰，俄顷，一女呈：生视，天地虽有谬，人亦不责天，人言虽可信，亦不全由之。生与女揄扬不已，后一生呈：信由不信起，恕由罪薄生。生与女亦大悦。所录，银红、金城、申会为三甲，余十五人，录为才人。此一场试必，黄女谢生，留生与众宴饮，刻，灯起明澈，爵满觞溢，肉藏雾需，玉碗金瓯，丝竹缓缓，霓裳轻舞，达旦乃毕，生与黄衣女狎昵，女谓生云：吾乃狐仙，此地乃绮思国，每十载举大试，君所适，矧君才广名遐迩，故相邀为主考，固欲留君长住，奈君人气重，恐于吾曹不利，请为君辞，乃遣一翁送别，翁送生至洞外，推生而出，生回首，已出谷，而谷寒石峭拔，空空而已，生怅然趋走山下，归与人言此事，未有信者。

柳先生

柳先生楚地人也，少壮勤耕，邻有事好助之，庄尝有一豕，数家饲皆不足三十，后柳先生买至家，屠，视猪肚皆宝物也！中有一朱砂，柳先生藏之，尝食少许，辄洞慧大开，能卜人前身来世，富贵转逆，尤擅治妇不妊之术，若有妇不妊，造访柳，柳略使小术，以草捻人，照妇之面，妇归翌年，必妊，柳一生圆人意者数，及老耄，谓家人曰：吾将去，帝诏吾为，云游使，专察世之忠奸，录薄以俟冥审，言毕而殁，家人舁棺葬，觉棺无沉实，启棺，惟衣装而已。此事闲酒听泰山言之，故记以留世。

秃山

　　秃山，名林秀山，福广境内，曩日山葱林郁，古柏参天，绵延翠绿覆山头钿螺，风扶针叶作沙沙之声，鸟啾啾而山静，泉落落而空响。然村民携斧锯入山斫伐，林日渐稀，有二千载之松蓦切与众木榷，如此往复，众木何有生，宜早为之计，一汉柏曰：徙往楚地。淮地古楚人善顺谐，众意亦一，忽一日，林秀山木举迁，惟留嶙峋怪石而已，寒白枯旷，秀山一夜所失，后人名为：秃山。而执斧斫伐者一夕多有殁，淮地古楚则欻生一山，人皆惊，命名：落秀山。人拜此山为神山，年年毓秀，木增其类五百余，民皆以山水为乐也！

长臂女

长沙鄱阳郡，有一女，约十七八，银嵌黑珠，画眉淡梢，唇薄含皓，尤两臂立而垂地，指尖如葱，臂举能长数丈，时人谓女长臂女。桑葚果足，女立树下，举臂则可摘，而常人不可，常抱童子空戏，童子亦乐甚，擅舞绫袖，袖起落如浪滚涌，女如游波之上，观者无不瞠目，一日，女甫安寝，有二青衣稚鬟入，言玄清玉真妃要汝共为霓裳，女辞谢未应，二鬟色冷，复又要，女坚辞谢，一鬟恚曰：汝不识抬举哉，一鬟言勿与之理，中一女鬟以手指女，女即迷厥，二青衣舁女飘渺空行，瞥然所失。俄顷至一宫室，女苏目，见宫室华彩四射，纱幔轻扬，丝竹管乐缓缓，有数绿衣仙子，发髻高盘，明珠斜坠，一红衣女殊出，步摇婀娜，体态风流，眉生婉约，玉容出韵，就女曰：吾乃玉真妃，要尔同翩翩，吾新制一曲，《玉销曲》，知尔绫袖涛浪，愿与共和之，女知乃仙妃，忙敛衽万福，玉妃以手相搀，愿以姊妹礼，而乃日日演练，女着绿裳，所舞非人间曲，玉盘珠落，声切切错错，或雨洒芭蕉，或雾遮梨梢，或雪里梅红，或春发嫩绿。红绿穿梭，衣袂飘飘，丽人姿绝，曲成，赴帝宫技痒，帝颜大悦，赐金万，玉真则约五载后再游天宫，二青衣送女归，女归，父母皆年迈，家与邻里感叹唏嘘，后父母五载殂谢，营葬既毕，女焚香，忽空中音乐缓缓，仙子无数，拥女登云而去。

大坟

　　淮城郡张楚醒，有华第百进，张在京为监察，其妻因貌陋，臂垂过膝，公婆时无由蛮待之，媳常就公婆，慎伺，所行皆无格出，然公婆日剔瑕，媳气吞不与之辩，若张探归，双亲必谓儿媳咎，张每装聱，从未言妻不是，尝谓父母曰：儿福禄皆由妻，妻臂过膝，儿方可压十三州，儿无妇福禄化虚，母不信，入房，妻则容颜更，珠花明佩，杏眼含羞，若仙子临凡，夫妻鱼水，缱绻难分。张归京，女复旧，公婆逼甚，复以鞭笞，女不堪辱，一夜，月移廊庑，自思无味，遂悬梁自绞，张闻讯，星急驰归，抚柩大恸，旋即入房，亦悬梁自绞。家二梓出，陪葬珠玉金宝夥，起土成坟，大而无比，里人谓之张家大坟，此家道日下，二亲归西，葬困，以席裹寒。后里有人，夜溲溺，尝见大坟，光焰四射，人曰：土不掩金气，金不落一处。有农人尝于田耕时，获金钗明珰。后人感于事，尝著《凤钗记》。

摇钱树

湖州秦可，擅猎，家壁皆兽皮。一日入山狩，晡夕未获一物，秦郁不愉，思无一物可获，何以归，正踟蹰间，歘一皤兔，自一松背出，秦喜不已，终有一物可负归，欲猎杀，兔先卜之，谓秦曰：汝不害，汝不害，吾赍汝财，言毕忽为一二、八女郎，肤白如雪，秋波流慧，秦出，女则自袖中出一金粒，谓秦曰：将此粒置一大瓮，必有喜甚，秦曰：何喜之有？女曰：此乃天机。秦接粒于手，方欲言谢，女忽亡所在。秦归，趋市购得一大瓮，金粒置其中，瓮鸣不止，声止，见瓮中生一树，初，三、四叶，约温酒工夫，则十几叶，瞥然树茂八丈，叶华璀璨，秦讶异，复转睛间，叶皆成金锭，秦双手合树，力摇，金锭纷坠落，摇愈急，坠愈多。自此秦资殷实，藏良弓，不再猎。秦后置敞第，养兔千，独一兔从秦左右，某夜，风清月明，秦自谓榻寒，忽一女二、八郎入，视之乃山间所识，兔仙也。秦喜，前挽女手，女肤腻滑，碧水凝脂，拥女登榻，解衣宽带，欢娱相狎，极尽风态。事毕，女谓秦曰：吾乃蟾宫之玉兔，思凡遽，而入尘凡，幸未被汝杀，今屈就于汝，冀汝勿猎，得善。今汝富资，吾当收宝物，秦曰：可！翌日，秦视瓮树无，女约半载，未辞秦而失。

孝女

晋有女，作侍富家，日食粥二饼，女每留一饼归赍婆食，如此二载，一日，天变欲雨，女怀饼而移马桶入室，意未料，饼落入桶，女惊，入室，婆问媳今日何无饼充饥，女曰：有饼，然不可与母食，婆问何故，女言其事，母曰：无妨，女乃饼母，欻空中炸响，女为雷殛，母大恸，指天而詈，媳孝，雷神不辨善奸，打杀吾媳，违逆天道，忽复炸响，视女，则凤冠霞帔，十指皆扣金环，视屋则院落俨然，瓦舍一新，再响女活，母大喜，望空拜谢，后嫂问女何得财，女言所遇。嫂亦效之，冀得金气，雷殛而亡。所谓：孝心感天地，敬老不藏私。当合此孝女。

贺

渭

贺渭者，金陵人也，贾商于沪，一夕，寓来鸿客栈，忽有故友来造，渭喜，待以酒席，二人醻酒不息，沉酣畅愉，友谓贺曰：君勿恶吾言，汝明即登程返，至家置寿服，日消而殁，贺面有恚色，觉友冀己早亡，晋友速去，忽友失，贺方忆起友早离世，所见友鬼也！寻思良久，觉友言朕，不可不信，乃星驰至家，日中，与家人聚宴，饭毕，谓家人曰：速与予置寿服，吾将去，家人惑而不应，皆言，贺神智迷乱，贺大怒，家人乃赴市办丧衣，贺整衣一新，日坠西山，果卒。

彭常

彭常，芜湖人，少尝游吴楚，性喜山水，一日，乘舟之巫峡，见江水滚急，两岸石壁寒立，神女坐峰巅目注川岳，目触而发吟：寒衣冷似水，瑶姊见怜谁，我欲乘风去，化月影相随。吟毕忽有清风涂面，香气盈鼻，一青鸟口衔素笺，投于舟，常展笺开视，素笺清秀几行字，似甫就，有诗云：楼头月色暗，瑶娥玉枕寒。君行千里至，缘会龙骨山。彭奇喜，龙骨离此一日程途，正思之间，忽舟疾如箭，俄顷至龙骨山，时日晡，彭寓一寺，卧榻，恍然，见一女子入，女约二四、五，艳丽非凡，腰若细柳随风舞，眼如丹凤逐流霞，女曰：吾乃神女瑶姬之姊瑶娥，感君之痴，特来相会，常喜，既是神女之姊，可否得见，曰：可！常起，女乃携常，令常闭目，常觉飘忽，如行空中，耳闻瑟瑟之声，刻，常觉二足着地，开目，一峨殿立，檐角勾连，廊柱赤丹，白蕊吐墙，香气盈院，女扣门环，阍者迎迓，入二进，百花斗艳，花中数仙子，往来不绝，见娥皆来拜诣，中有一女郎曰：妖妮子，携郎归，可喜，众仙子旋次拜常，常意甚惬，面窘，众女哄而散去，复入三进，则树柏奇绝，果树参天，枝皆坠硕果，有二仙子，臂挎花篮，篮中置数果，见娥，敛衽万福，导引入四进，但见，绿竹轻摇，百鸟鸣和，溪清莹秀澈，锵鸣金石，管弦袅袅，丹墀花闟，常从女缘墀而上，入一宫殿，上有金漆大字：禹王宫，见殿上一人端坐。常跪垂首，王曰：汝，彭常，名士也，吾敬之，赐坐，即有一仙子茗香，常饮之，肺腑清新，口留香不绝，王曰：瑶娥与汝有仙缘，故汝遭娥，娥即引而见王妃，乃呼王妃，倏闻鸣环清响，由侧房出一美人，怎见得，鬓云高簇翠佃摇，峨眉如柳淡轻描。口含珠玉颜生静，莲步款移媚态娇。常一时神失，知王妃乃神女瑶姬也！忙作揖施礼，谓常曰：阿姊福得郎君，妹忻然，侧目谓王曰：今宵良辰，天合姻日，莫如为姊与常郎帐帏，王大喜：可也！旋即，殿内明光，管乐飘飘，案陈殿上，酒载雾霂，金瓯罗列，众仙子皆来道贺，妙舞翩翩，春融杯盏，情通风情，常携瑶娥面众仙子，频推琼浆，宴毕，常拥娥入一室，但见，舍华无双，壁绘瑞祥，麝香圚屋，临窗，一象牙龙榻，绣帐艳透，青簟之上，丝衾双叠，常搴帏而入，二人鱼水蜜意，自有风情无限。翌日晨露，娥率常游历青山，山耸入云，游荡神飞，真是：几时见山川灵秀如此，素来天地生空旷大智，归，王谓常曰：汝当有十载尘间事，十载后当归龙骨山，吾今封一地于汝，汝可得芜湖西北瑶郡，冀汝勤善，爱民如子。命人送常归，至一千丈崖，推常而下，常惧寤，汗浃枕席，一梦恍惚，自觉非幻，乃往芜湖西北，问俗人，果有瑶郡，至，道旁人众，早有华车候，民拥常登车，径到瑶郡府邸，常在瑶郡，勤政恤民，未负禹王嘱，十载，常浣濯入室而殁。后有瑶郡人，尝于龙骨山见常与瑶娥行山中。

靳鲋

靳鲋，江西人，所居为父友第，第西折北百余步，蒿艾冢簇，野雉飞突，时有阴风旋其间，人少近之，靳素有胆略，尝习拳棒，而剑术犹善，故常步履于冢地，每蹀躞冢间，必有一旋风随之，靳不知何故，一夕，靳甫登榻入寝，欻闻扣扉声遽，启扃，一少年入，修伟风韶，左腰际悬佩青峰，步实稳健，靳以为刺客，即滚身下榻，仗剑注目，少年面哂，谓靳曰：仰君剑术，特顾造访，靳还剑入鞘，请为座，具酒肴，少年止，云：勿劳烦，以具，即自怀中出酒壶爵器，复自褡裢取碟置佳肴美味于桌，靳见之皆人间所无，心揣非类，少年视靳闷惑，直白而告：吾名：天隗，乃鬼也，勿惧，君胆魄剑微，结为手足，不知可否？靳喜，焚香拜祝，靳岁长于隗，为兄，隗次弟，隗叩弟礼，兄弟礼成，乃沉酣，爵爵醨，向更，隗辞出，自是，每夜推盏盈杯，切磋剑术，一夜，隗携一女子至，女子约十七八，清容艳绝，风华流韵，唇弧分明，靳疑仙子临凡，注目神失，隗解兄之意，曰：渠，吾妹紫灵也，亦擅剑术，吾视君日冷孤，欢酒亦寂，故令妹子至，舞剑增趣，靳谢，而乃紫灵佐酒，酒浓情重，夜半乃止，隗归，而留紫灵宿，半载，情渐缱绻。一夕，隗闷语不快，低首饮酒，叹息接连，靳诘何事至此，隗欲言，紫灵曰：有自东来一大鬼，恶煞狰狞，欲据宅邸，吾曹不敌，未几恐不复见也！靳曰：弟难，兄岂能无视，只人鬼殊途，何如助汝，隗曰：夜，兄仗剑立吾冢前，见有发碑者，力击，可也！余者吾与紫灵力阻之，如成，冢地爆白，是夜，风声飒飒，月失光洁，靳装束停当，手执青峰，目椒如电，立于冢前，俄顷，自东声作锥耳，风骤疾疾，一巨鬼，荷镵，足踏土动，驺从甚众，鬼挥镵奔碑，靳挺剑迎而击之，鬼见有人，怒，挥镵劈首，靳缩身躲过，斜剑斩鬼足，鬼腾身，镵横扫腰际，靳跃数丈，剑递鬼目，中，鬼嗥奔，靳疾走力击鬼首，鬼仆地而亡，周亦兵器相抗，声响铮铮，久，才息。靳收剑复奔冢前，立碑前，恐复来，天明，见荒冢四裂，白骨遍散蓬蒿之中，惟隗冢完好。后，隗偕紫灵谢，曰：安也！自此，靳与隗紫谐汝一家。

狐
媚

陕地临途有客舍，久旷，然门庭焕然，未见尘杂，时人皆见有女子二，旦出暮归，归必有一壮男从之，人惟见男入户，未见足出户也！人皆言二女乃狐妓，专引诱壮年而吸其精血，所害者夥，人恐。有谈生，好书，性豪，通五经六艺，尝于墟市为狐所媚，从狐至客舍，狐着纱衣，冰肌隔纱不甚明了，皓齿明眸，容颜绝艳，谈木疑所见仙也，二女各挽谈左右，欲与之狎昵，谈曰：有酒乎！一狐云：香盈，可趋市沽酒，与公子饮，女应声启扃而出，数刻，麑肉酒雾，汤羹碗洁，谈坐定，二女佐席，金瓯美酒，谈善饮，女亦豪饮，情致酒浓，香盈舞，另女拨琵琶，谈高歌：石榴面日开红口，月移廊窗赋清愁。同坐欢酒度长夜，惟愿二娇锁雀楼。一女和曰：石榴有心方开口，琵琶弦说无限愁。尝使数男赴冥地，君临闺融今回头。吟毕，双目泪坠，声噎凄恻，是夜，谈与二女同榻，女未生害谈之意，恶一朝得善念，即登岸重生，天晓，二女执扫操厨，不复出诱引，自此谈与二女相狎昵，半载，谈偕香盈二女出，居太湖之滨，营一茶坊酒肆，生意丰隆，时济困窘之人，二女各举一男，后皆入朝堂，谈九十而殁，二女营葬谈既毕，欻一夕所失踪迹，后有人见谈冢傍二山，状类二女。后有诗赞：谈生品正感二狐，去恶迎良风清舒。不畏命丧抛颜色，唤醒红妆归正途。

云娘

于庆鲁，淄博人也，财雄，闳廓院户，宅进百间，北一间，赤廊峨宇，常生奇异，房无由而焰，焰中家人皆见一女子，年十五六，揽镜画眉梳妆，妆毕，复如旧，而屋不损一瓦，有人欲近前，则有瓦砾四掷，抱头作鼠窜状，家人共奇之，以此故，久无人居。福建童生，少负才名，素有胆识，延师于舍，授二子之学，寓所乃北间，主未告屋异，童抱襆入北间，而主未见异，奇，以为鬼魅出，是夜，童疲极登榻刻入寐，懵懂闻堂哗语声众，遂敛足趋视，忽声息，堂空空也，返复登榻入寐，甫入梦，声又起，复敛足，忽有一大鬼出，面若马，舌长垂地，耳如轮，目如赤炭，其状凶凶然，童稍惧，谓之曰：汝陋，何出此样吓人，鬼即缩作一团，团转若陀，起坠若弹，童执帚击，团射扃而出，后无异状，童旦寝。入书馆授，主谓童曰：夜见异状否，童曰：乃一鬼也，勿惧，童于馆授二子经，窈窕淑女，君子好逑，童忽见窗前，有一着红衣女，侧耳凝听，瞳如凉月，乌髻斜坠，童近窗辄渺失所在，是夜，童登榻欲寝，一红衣女入，端详乃白日人也，童喜，曳坐榻上，阴扼其腕，欲相亲狎，女弗拒，童乃拥女就塌，褪衣，冰肌水滑，烟霞流泻，体出奇香，盈室不绝，相娱如夫妻也，自此，夕夕不虚，一日，童家书言失恃，童大恸，悲结于心，女谓童曰：生死难测，何必悲号，童曰：吾欲旋里，可与吾奔桑梓，女曰：汝先行，吾即到。

乃别于，驭马归，所行十里，望女立道大树下，遂相偕而归，至家，遂缞服麻裙，为父丧孝，以媳礼待童，童内心沸动。营葬父毕，女谓童曰：汝不可家日多，恐有血祸，童曰：安度，何以致祸，女曰：吾实告知，吾乃火狐，名曰：云娘，能筮，十日后当有无常挈缧索绾汝至阎冥，从吾入九华可避之，童曰：九华千里，何以至，云娘曰：无妨，吾有赤丹，汝口衔之，言毕口出一大赤丹，童入里屋别母，辞出，即口衔赤丹，旋即足如踏云，与云娘双飞而去，瞥目间，已至九华，入一寺，寻宝殿侧香堂，惟一榻，云娘展衾于上，童以臂替枕，与云娘并寝，是夜梦父曰：无常至家未寻见汝，绾邻村一人至冥，汝幸盖云娘之功哉！汝祸已消，当归，母五载寿归父，料母事后，随云娘至九华浮云洞，可得仙，醒，谓云娘云梦父之言，云娘颔首，汝能弃世间乐否，若能，吾助汝双得仙道，童曰：世乐皆随风，心无万象空。云娘曰：可得长生，旋家，五载母果卒，与父合葬毕，从云娘九华浮云洞，后亦不知得道否！

秋
红

　　庐山有树状类一妍女，发髻笋乳俱，臂作挥袖云舞，情俏婀娜，孟春作绿衣，仲秋辄红妆。居人以为奇。庐州孝廉沙序，尝登庐山游瞩，会树，大讶，以为此女乃天地精，谓树曰：影入树身合，阴阳两地隔。迎风若能动，爵樽待上客。未几，忽闻树言：本是蟠园女，无心毁桃株，三餐风雨侵，五载适归途。吟毕，谓沙曰：劳烦君旋树背，着力解缧扣，吾当出，沙从其言，至树背，果见缧扣，以手松之，扣落，耳闻霹雳声，树爆裂偃坠地，饿一绿衣长袖宫娥出，谢，沙审视，女曰十六七，艳艳光彩，乌髻如螺，心悦之，遂曳袂挽肩，女亦有佻意，偎序呓语，沙始知女名秋红，乃王母侍女，因取蟠桃而俾桃枝折，枝折辄亡，王母怪责，罚作树身，五载当会君，解厄。沙偕女归，三载，举一男一女，夫妻顺谐，偶日昃，空中云腾风驱，一金甲，朗声：秋红，归庭，红瑟瑟，谓夫曰：吾将去也，汝福厚，男可耀门庭，女至诰命，言毕，女轻飘飞举，渐入云际，后果如女所言，儿及宰，女至诰命，沙九十靠廊柱而殁。营葬，有云气罩冢，人皆见沙随云气入，瞥目所无。

石
怪

蒲州西有古村，其东南有树二，树下石三，树常无风自舞，石亦自下而上，若技者玩珠，有好事者欲窥其故，近之，辄遭恶风，归口不正位而蹇涩，人惧，此无敢近之，至于树舞石飞，是何故则不得而知。

居右臣

奉先居右臣，儒生，至孝，父母早世，每值清明，必置酒肉，焚高烛，祭祀先故，父母每值清明，必至，嚼酒欢娱，谈笑之声憭憭，居惟闻声而不见，每思父母，辄痛切肺腑。翌年清明，居祷告父母曰：愿得一见，但听户外父朗声入曰：可也！父母至，居呼子女与之见，家人聚欢，居视父母容貌言辞皆生前状，父豪饮，亦谐，居询父冥事，父曰：冥事不可阳言，否，则招祸，仆在冥界，亦能知阳世，家所事吾皆知之，吾与汝母时归家，汝不见而已，每值清明，冥界外鬼皆贲尘归家与家人聚，唯魂游之鬼无所依，嚎啕冥域，冥官暗难，收至城隍宴饮，居欲问居地城隍，父忽言止。家聚至日昃，父言欲去，居送，父曰：毋庸，忽失所在。自此每值清明必与家聚，邻里亦见之。

付
渔

付渔延州人，其子齿稚，家有一牸牛，子尝跨牸牛背，行于野，欻有紫云盘曲如蛇，垂直而下，牸牛惊，疾奔，约三四里，四足踏云，渐入云际，里人见之，奔告其家人，迨付至野，已失踪痕，付顿足悲郁。五载一朝暾，子控牸牛归，一家俱喜，子言五载之事，随牸牛入云，至帝宫，帝威伟无匹，帝视仆灵爱，辄敕吾为紫云童子，专司山间雨水，山顶冠冕，令吾及家与亲辞，馈金千，子置金于几上，旋跨牸牛出而失霄汉。

漓江神

漓江属珠江水系，水秀碧澈，山影疏波，览胜之所。祝帆小字西游，通州人，少负才名，嗜史通经，好远游，川岳湖泊，皆有履覆。尝听里人言漓江之美秀，遂生往之心，于是备足川资，市一赤卫，往漓江而来，途中山岭绵亘，村墟篱落，鸡鸣桑巅，行三四日，日旰投一逆旅，店主导引入，过一廊，见一佣挈一红鲤，祝视之，见鲤目坠晶珠，面有哀色，遂生恻隐，问价几何，店家则以百金鬻之，祝乃取百金得红鲤，放鲤归河川，爽爽然趋至旅，盥浴已毕，登榻而寝，时月炽星淡，山风弹扣，祝辗转无眠，遂履出庭户，见峰衔皎月，即口吟一绝：幽谷深风未可知，浮光探究鹊惊枝。姮娥不谢人间客，枉趋庭中月上栖。

吟罢，怀悒前行，不知所行何处，自觉去店甚远，而山阴浓覆，始惧，将旋履反，欻见前灯星跳灼，视乃一闳院，欲弹指轻扣扃板，止，敛指，逡巡户外，良久，扃捭，有二鬟挑灯出，见祝惊惧阖扉，旋复稍启关，审祝，觉非作歹之人，复阖，无何，有四鬟挑灯出，中有绿衣女，至祝前，敛衽曰：吾家小姐相邀，请里边叙话，祝从渠后，见山石巉巉，月下群芳傲放，祝心惴栗不实，蹀躞从其，行百十步，有一赤廊木楼，笼悬灼目，一黄衣女郎降阶而迓，祝视乃十八青春，衣袂飘飘，腰若小蛮，唇比樊素，容貌昳丽，疑仙子驾临，女玉手挽祝入内，即有鬟瀹茗置几上，女曰：亏祝郎得命，非，恐作客果腹，君再造之情，碎骨难报也，祝惑不解，曰：愿详其故，女曰：吾固漓江神之女，文蔚霞也，因贪游忘归漓府，为渔人所罟，幸祝郎以百金赎还自由，亦是与汝有夙愿。祝乃知此女红鲤也！女引之闺闼，衿褥香软，接膝甚欢，快不可言，女枕语：郎将往焉，祝云将往漓江，女曰：美哉！吾可不消一刻引郎君至。旦日，祝控赤卫，女执细针扎四蹄，赤卫四蹄风起，女嘱祝闭目勿视，顿觉耳风嗖嗖，无何，足咯噔，乃知止也，开目，女以揽舟行于浩波之上，舟缓纹细，山影环而绵远，云流随风而去，祝心舒不能抑，云：千里波光舟乘风，山围秀色影重重。霞蔚明眸开天日，西游但得一江红。诗含文霞蔚，祝西游也，祝吟毕，女赧然。当舟过象鼻山，忽波翻浪涌，中出异物，兽头鱼身，碧眼毛耳，须丈许如钢刺，尾掀舟身，顷刻舟覆，霞蔚大惊，即念动真诀，一时，万针并发，如万矢奔怪，怪亦怒以万丈水帘阻，女无心恋战，携祝登岸，数刻，风息波止，水复如初，女倏然入水，不见踪痕，祝寓逆旅，期月未见女，心甚念，一夕三更，有一鬟挑灯入，谓祝曰：汝速归，小姐为父闭闺，父言人神岂可为姻，已将小姐许黑头怪。祝曰：黑头怪何物？鬟曰：游江所见也，祝曰：吾心属小姐，何忍离去，吾将舍身而就小姐。鬟曰：公子其心昭昭，小姐福也！允仆归报公子之心，在作长计。言毕，挑灯出，再视辄失所在。祝日如火燎，偶日旰，卧寝榻，得一梦，梦中一长须道者，谓祝曰：今授汝避水诀，可入神府得见小姐，亦授汝朱雀大法，可伏黑怪，忽黑怪出，惊栗而醒，醒避水诀，朱雀大法咸悉于心，趋漓江，念动真诀，水自分而见一道，水如峭壁立两边，祝足道而入，所过之道水皆复如旧，行至五六里，见一峨宫，宫门上悬一牌，漓江神府。祝思，想必就是神宫，吾倘唐突入，必有血争，当计谋之，即念朱雀大法，化作一缕烟，飘然入城，见宫城勾连，绵延数里，皆红墙琉璃，如此数进，女住何所，甫思，但见一院舍，红霞升腾，疾奔而去，临一窗视，女坐机上，目失神光，髻发蓬蓬，祝刀绞难抑，欲扣扉，忽听院外，嗷嘈杂逻，忙匿一柱背，窥肩耽耽，无何，众簇一王入，但见头顶峨冠，冠檐晶珠四垂，面赤长须，龅目鼓额，被鳞纹黄服，甚威严，驺从皆怪目披发，臂长腿短。王启肩而入，余者立于阶下，王坐几前为女曰：汝知黑头怪否，居象鼻而乱水族，尝挥兵战，不敌，限三日送汝嫁，若不从，辄荡平水族，为父也无计可奈何，女曰：吾已心属祝郎，死不嫁怪，如相逼当死几前，父恚，怒而出，去，院阒寂，祝敛履而入，女见之，大喜，相抱泪坠，女噙珠诹，惑何入水，祝言其奇，女喜极，遂相绸缪，欢娱胜前，女曰：相逢亦不能婚也！父绝非允人神通，何如！祝曰：吾有谋，可荐吾伐黑怪，吾朱雀大法可降黑怪。女喜。翌日，女画眉娥妆，焕容明媚，拜父，父以为女通，喜，曰：吾儿可妆嫁黑怪，孝也，女曰：吾儿非为嫁黑怪之事，乃荐一能士，可服黑怪。父曰：吾水族有此能士，吾竟不知，速上殿，女即呼祝上殿面君，祝上殿，气宇非凡，俊美偶傥，王一见大喜，曰：汝有何服怪之术，可否一试，祝曰：可！即念动真诀，刻时，万千火鸟飞于庭，鸟喙皆长丈许，赤红，啄石石碎，啄木木燃，其势凶凶然。王喜，卿之善能可为帅，即封征怪大帅，祝谢，祝曰：欲服怪，非小姐万针不可，王令小姐从。祝点兵二万，跨赤卫，伐怪，至鼻象山，黑怪已知其事，率兵三万，但见黑压压，两相对峙，女念动真诀，万针并发，怪伤无数，黑即雹雨拒，祝兵亦伤数，两兵相掩，祝即口念有词，万千火鸟，疾飞黑怪，雹雨顷刻无，怪见状，大惊，即手指捻动，碎石铺天而来，火鸟见碎石，逾欢，以喙击石，顿刻石殁。怪大骇而走，万针急追，火鸟四围，怪万针扎身，嗥痛不已，又火灼其身，辄显原形，视之，乃兽头鱼。祝得胜而归，至殿见王，王喜，乃敕举国爵欢，王设宴贺凯旋，赏花游园，把盏三日，不夜作咽，女谓父曰：儿愿做祝妇，王应，即延喜极喧，祝女辄浓情甚蜜。自此祝与女泛舟漓江，逍遥青山，后父殁，祝承任漓江神，至今。

榜
人

　　瑜州彭市村东二里，有川向南北，川东有墟市，里人货物皆集市，川堵庄人足，村人筹资造一舟，便民往来，榜人隋某楫舟数载，其性憨耿，作苦自知，因家贫，五十无偶，里人悯怜之，而隋豁胸，尝一道人登其舟，谶语隋，三载必坠水而亡，得河君职，隋以为戏语。三载，陬落仝生，夜溲溺，闻川舟水响，视，一巨鬼荡棹离岸，惊惧反，篝灯辗转榻上，骇不得心宁，翌日午，隋坠河而溺，里人置薄棺窆河侧，是夜，里人皆梦隋，峨冠高履，言谢，谓里人曰：吾河神也，渠以遣鬼役棹舟，旦日，人复登舟，则舟无人自行，里人谓鬼渡，后里人建祠感其盛德。至今犹存。

赛花

冀州穆公有女赛花，年十四五，天然韶秀，窈窕婀娜，横波顾盼，美艳无比。穆倍爱之，女善丹青，尝绘洛阳牡丹富贵图，名噪一时，四围俊才者，朱门达贵者，争趋附以婚姻，而赛花无有相中者，待阁弗出，藏闺描牡丹，细笔点眉峰。一夕，憩香榻，梦一少年，十八九，翩翩倜傥，伟秀丰美，执一箑，谓女云：烦劳箑着牡丹。赛醒，枕边横一箑，视之，玉柄纸折，乃丹青蝶戏牡丹，毕思不得解，方沉吟间，见少年复来，遂递箑上，少年谢，阴遽挐其皓腕，女亦有佻意，遂相绸缪。自是，夕夕不虚，所过半载，女腹有娠象，蹙眉锁愁，少年曰：无妨！有舌长鬟诉于穆，穆令母探女，母诘问其由，女述往来，母怪，欲睹少年，是夜，潜觑阁外，见少年丰伟，言词清和，非为纨绔子，颔首阴离，翌日白穆，穆听罢，圆目怒睁，綦恚，詈骂不止，母见状，不敢袒佑，咨嗟而出，使腹通于女，女闻失色，遽促无计，思，留家必为父所愤害，惶恐间，少年至，女白一切，少年曰：为今之计，惟私奔，女觉唯有此法，乃拾掇出行之物，暗从后门出，少年撮口啸，一白马至，扶赛登鞍，策辔而行，少年从之，履速不输，日午，枵腹渴甚，解鞍荫处，少年去刻，得桃许，女啖其一，顿觉口爽神清，复次啖，辄疲消体轻，弃马，足履如飞，昏暮，见一深院，少年曰：止，吾家也！少年扣扉，无何，有阍人启关，见少年，喏喏而退，少年偕女，约行数进，至一高屋前，嘱女滞留，少年入，女视，院阔，筒瓦迭次，繁花杂树，非人世所识，甫闷惑，忽数十青衣女，降阶迎迓，有二鬟左右，进殿，复视少年，珠冠蟒袍，俨然少年王者，女欲下拜，少年止，汝乃王妃，夫妻何拜，遂令为赛更浴，出翠冠花坠，凤衣霞帔，乌髻朦胧，摇摇金莲步，明珰覆俗土。少年大悦，真乃仙中仙也！遂上下宴贺，鹿脯兽脑，甘果玉液，一壶遍酌，且嘱尽醉，下客皆酣醉。欢达三更，乃与女入锦罗帐，恩爱缠绵，舒云拢香，玉龙飞腾，不尽宵刻。自是，日与少年游园赏花，绘丹青，染风彩，一日，赛蹙眉窗前，目注桃枝烂漫，鹊噪花纷，念父母年迈，恐体不能自动，遂生归心，少年略察，谓赛曰：卿孝心感动肺腑，何留之，择日，令仆备车，车载珍奇，锦绢玉帛，往家而驰，三五日，至家，见门扉萧瑟，不由得泪坠清阶，情失寒前，启扉而入，视正堂丹墀坐一人，白发皤然，目遁二神，衣衫褴褛，斯父也！赛花步前，呼父，不孝女归，穆公移目良久，知女旋家，纵泪横溢，声悲郁胸，女曰：何故落此光景，父曰：汝未辞父母而去，汝母忧女寒食，思切甚重，旬月，闷结而殁，吾力羸不全家资，遣仆四散，沦落此光景。父女拥泣惨甚。后女与少年振家，兴胜于曩日。父得善终。女与少年徙宅远去，里人不知所踪。

静海明

　　静海明滨州人，性敦，学博，年少，好老庄，尝闭室注老子，三载而成，出须眉皆白，有仙之风骨，时人谓之：才仙。静言温词和，内省外卓，淡功名，耻为仕。有州守，闻其名，诣前请教，辄合扉坚不见，守触壁而归，自觉坠颜，赍恨于心，时有寇匪乱其州，守以通匪名，械拘鞠讯，静詈言其诬，守大怒，令差人鞭笞其身，静则身如铜壁，鞭声铮铮，守见之，复以磔刑，难奈何，又以火之，欸黑云密布，闪电雷霆，空中下一龙，衔静而去，龙尾摆拂，火簇四扬，顷刻，焰蹿府衙，腾烈数间，守及衙役咸葬火海。静随龙至东海，入龙宫，醒视一老者立其旁，起而拜谢。老者曰：吾受老君遣，拯汝于祸芯。令汝授老子。自是，静于龙宫日日与龙王研习老子，一夕，二者正论道，耳闻乐声缓缓，一队青衣女子至，谓静曰：上君要汝，汝位在仙班，任度仙使，专司尘世有根之人，列为仙班，汝功无量，静游于尘世，在唐为叶发善，在宋为吕太古，在明为刘基。后为何人，人莫能知也！

武陵思

　　武陵思，武陵人也，父捕鱼为业，尝误入桃花源，桃源之落英，闲逸之秦民，归，心不能忘之，尝荡舟反寻，终未能如愿。愈不得，思愈切，久之，患成病疾，初四五日，腹泻不止，又十五日，饔飧勿能进，复月余，目神走失，体似风絮，不能支立，父恐不久归冥，呼武陵思于塌旁，谓子曰：吾将去，然愿归桃花源，而终寻不得，汝可承父遗志，觅得桃源，将父骸骨窆于桃花村内，吾安集也！武谓父曰：父夙愿，将遂心。父颔首，不复言，半载倾背。装殓，安厝北间一小屋。

　　武恐辱父命，放舟桃花溪，缘溪而行，六七里，殊无甚异，又折溪向东南，行百十里，亦无甚异，武苶，搁棹泊岸，虑桃源已历数年，曩迹恐难寻得，登岸，视日衔半规，逡巡良久，欲去，去十步许，复回，志意宿舟，时日没月上，溪阒寂无声，偶闻鱼跃击水之音，武向月焚香高祷曰：愿父灵得安息，月神助吾早得桃源。祷毕，欻见前数武，灯火耀动，武速步趋向，窥一洞口，蹀躞而入，初仅一身可，渐行渐远渐豁然，行百十步，视一庄落，户窗透明，闻犬吠起伏，至一舍，有叟出，惊诘所来，武谓叟云来之故，叟大喜。曰：此处正是桃源，当年遘得桃源，乃汝父耶，叟拱揖，忆汝父滞留敝庐数日，与汝父相与得悦，自汝父去，每念而冀重会，今适子，乃大幸。武曰：父故友，侄拜上，叟要武入室，呼妪，饿一妪自里屋出，约五十岁，髻螺后盘，耳铛佩环，老不失曩丽，叟谓媪曰；此侄子。武即礼，媪具备酒馔，肴甚丰腴，酌间，武言父之志，叟曰：无妨！吾得道，尝习得死而复生之术，翌日，吾将令仆以羊车载父来。武谢。旦日，武与仆驭羊车，叟以符水濡羊身，嘱武合目，武乃闭目，耳风声骤起，似拢云而行，少刻，至家，武与仆舁棺置羊车，载而归，叟启梓，武父容如生时，叟令武及仆避退，叟仗剑行术，又以符水撒棺周，剑直指，饿疾下，欻自土中出一寸许人，叟刻名符于小人额，小人渐缩入地，逾刻，自北飘一紫云入棺，棺内出息声，武父如酣醒。

出棺，视叟，乃大喜，谢曰：幸遘故友，吾误入桃源，与汝缘深，出而心念不已，死亦冀归葬桃源，今得手足之情，汝使吾还，身心俱得桃源，此大福。叟曰：能归桃源，汝有此机缘。即令媪置酒，饮酣爽述，三更乃止，自是，武与子，徙至桃源，与世无争，山影水环，心静静而放真怀，意闲闲而达天外，真是：一朝大梦桃源醒，月皎东来千里明。

蜘
蛛

　　晋地，芦芽山，有蛛如斗，其网二三里，鸟鼠类物，常触网为蛛所啗，有伐斫者，尝见一狼为丝缠裹，脱不得，蛛食其肉，时人异之。有捕者携弓欲杀之，箭出而射己，穿腹而亡。自此人莫敢近之。

　　吴流者，晋平遥人也，性豪，素胆识，闻其异，乃往探之，登径缘阶，日敛光方达，思寻间，欻闻哧哧声遽，似有物格斗，稍之前，伏一岩背觇，一蟒翻于网，一蛛持短兵，兵不过一尺，戮蟒首，首血喷涌，蛛开巨口吮，约碗饭间，蟒血尽，蛛啸音旋石谷，毕，数百蛛凌空而至，共啗蟒，食光，数蛛又疾飞而去，只斗蛛滞网之上。

　　吴见之，大骇，趋疾下山，归，肤糜溃，就医不瘥，半载而殁。

娥
眉

陇地，秦生，好漫游，随友至峨眉观瞩，因友别诣乡族，故孤身入山，游至倾曦，投寓古刹，盥洗毕，甫登榻欲寝，忽有人扣门环，秦拨关启扃，一女子入，秦视，女子约十八九，天容韶秀，眉弯如月，珠澈若水，着粉红衣，款小莲步，人间无匹。秦喜，挽女子臂，欲接噱，女拒曰：狂郎粗莽耶，吓煞人，秦乃敛收冲莽，女缓颜色，曰：吾，娥眉，狐也，今见郎，乃报恩也。秦曰：仆何恩于汝，女云：汝还忆总角，一日大雷霆，有一物伏汝衾下，汝以体护之，雨息，物窜去，物吾父也！秦能记之。

女登榻，秦狎昵甚欢，终夜未眠，旦，乃去，是夜复来，两相绸缪。明曦，未去，昼与秦瞩峨眉胜景，秦挽女手，俨然小夫妇也，秦视山川，雾翔峦巅，鸟鸣翠木，风送兰桂之香，宇立暖罅之上，谷清幽泉，水滑黛石，形俏骨寒，梦里江山。秦甚悦，与女登阶，阶尽，一闳院兀立，娥曰：吾家也，前，双扣门环，俄顷，一老阍人拨关而出，貌甚恭，导女入，女跳跃歌行，清音婉约，不逊黄鹂之唱，秦从其后，过二廊，至一楼，娥大呼，爹爹，吾归也，自屋出翁，须发皤然，目神充沛，步态稳实，降阶迎迓，口云不已，恩公临舍，蓬荜生辉，牵手入室，就桌而坐，又呼媪相见，媪从厨间出，媪亦雅甚，大家人也，秦拜诣，媪回礼，毕，进厨间治酒食，娥亦入厨间，协

狐祟

常德马甲山，家为狐所祟，桄器常无缘亡失，马出门，时为足趼跌仆，深恚之，俾术驱之，不能灭，狐祟愈加，缸中清水，舀之则熏秽不堪，家人寝榻上，醒则眠地上，类似之事夥也！举家深苦之。

一夕，有道士望门投止，谓马曰：汝家有狐否？马对，狐祟甚，不堪苦，道士曰：此狐乃云台山封狐，居千年古墓中，祸往来贾客数，吾尝设法拘役，缘风烛翻，亡匿。竟窜匿于此，吾今设法必毙之，令人以白灰周院三，以烛置八方，按八卦位，嘱人勿使烛灭，乃念动真字诀，刻，自西楼檐坠一物，其大如犬，匍匐前行，作跪状，求道士原宥，道士曰：汝不自修，自毁根本，作孽成害，咎由自取尔！乃斩狐首。自此，马家狐祟灭。

鬼
筵

华子明，高邮人，商贾至浙，途经梅山，时日影坠尽，夜漆寒色，又无逆旅可寓，惧，强而进，行百步，耳隐闻虎噑之声，心大怖。正惶恐间，忽见前有星火，疑为村落，趋步就之，则一草屋，人声鼎喧，扣扉，自内出一叟，诘华何事，华白宿无所。叟曰：不嫌寒陋，屈就也，遂延华入，见人影往来，鼓乐喧腾，辄问何为？叟曰：娶媳。华曰：仓促未具礼。叟曰：夙如此，贵客来即陋壁增辉也！

叟乃导入筵席，见坐咸望重，言辞风雅，华与客饮，酒甘美，食至半席，爆竹啪啪，有丫鬟婆嬷拥一女入，新人罩盖头，体态袅娜，莲步款款，旁一小郎君，华服灿烂，面若冠玉，倜傥风流。众皆闹沸，小郎君斟酒礼客，华竟多饮，醄伏案头，恍惚不知辰，四围阒寂，醒，已旦日，视己则卧松间，身濅微露，草屋已失，惟一冢立高岗，停眸碑文，乃知，林公之墓。

华感其酒宴，遂于市置楮帛凭吊，是夜，梦林公来谢，并嘱华勿南行，恐有祸，宜趋北，可获财。翌日，华往北，货商，果得金数，此，大富。

游
明

游明，鲁地人，司车。少聪颖，随父习仲尼，思行悉雅，一日，同俦戏于龙门山，见一蟒，卧憩碧石，游以三尖石击其首，蟒毙，适有一白眉僧过，以掌拊摩顶，谓游曰：憾哉！赠谶语：云外龙须雨，随风命转轮。言讫，倏尔所失。

游骇而归，白以父母，父惑谶语。数年，亦无异常，渐忘其事，游以司车，载客往来异地，岁壬辰，游载客驱，途半，欻空降一物，直击游，中腹，其痛难耐，游敛痛，车止，客数许，安然无恙。而游亡。父得耗息，悲恸欲绝，始解僧之谶语。

游魄幽幽，正行间，数绿衣仙娥立道迎迓，中一女持牒，云：请于王，游曰：王者何人？女曰：去即知也！游从其后，行百里，至一都，楼阁殿宇，耸插接云，市廛华轩，绵延数里，女簇游趋，延引入王宫，游入殿，有面南者，端坐，游袛仰，低首拜诣，面南者，降阶以迎，游视，乃年少所遭僧者，僧曰：吾乃阎罗，汝稚年所杀之蟒，乃西湖主四公主，西湖主恚怒，讼于上廷，帝判汝殁如蟒同，西湖主乃息恚。今汝命克间，临危不惧者，真勇也，使数人无恙者，大德也！帝敬尔勇德，敕汝为勇德君，赴任上廷，游叩谢而去。

有客建其祠，所求咸应验，求灵者不绝。

卢公明

卢公明，枇阳卢渝人，有才名，尝负笈往鲁设帐，策一健骡，踏踏而行，斜日欲坠，旷无村落，心火然，加鞭疾奔，约十里许，忽闻箫声清越，知有人烟，循声而趋，趋数里，音去耳不逝，似导引卢，复走三四里，比至一村落，时日没西山，户灯萤烁烁，卢控骡行于村径，途一空场，方圆约一亩，场上汇百人许，男女老幼，皆言笑纷哗，众悉面南，卢视，南有一台，台上数人，粉墨而舞，中一吹箫者，容如葱白，着蓝短服，团花纨裤，箫丈尺，

音潺潺自孔中出，如烟飘耳际，有数青娥作灵雀舞，舞姿妙曼，台下抃掌潮呼，卢停骡翘观，俄而青娥下，有数后生登台，台中立一梯，黑黑不见高端，后生挨次缘梯而上，渐入星汉，卢大讶异，久不见有人下，台下稍有动，忽台中之梯顿失，众大惊，正甫仰视间，后生皆挽一仙子，轻飘而下，仙子皆艳光无双，众皆潮呼。铜钲鼓轰，生携女下。幕缓缓而闭，众皆欢散，姗姗而去，少时，场空，惟卢孤立，踟蹰不知何往，忽台背出一女，环珰佩鸣，款步将北行，卢驱骡就之，询投逆旅。女见之，卢修伟风雅，曰：尔何来，欲往何处。卢道其故，女曰：不嫌敝陋，可一宿。卢谢，下骡，从其后，随一二里，至阔院，朱门大环，门楣刻凤鸟，毛羽逼真，女扣环，有一青衣启扃，过二进，入一拱门，至一雅致小院，卢见院甚清幽，群

花竞艳，香郁非常。女导卢入室，爇烛火，室大雅洞天，古朴巧丽，有古琴，有罗簟，有几有香茗。早有爨瀹茗，卢饮顿觉肺腑清畅，神悦无比。

女亦就坐，卢视女，十七八，目含春风，眉荡柳意，樱口敛皓齿，绿翠上乌云，不啻仙娥。卢眸不转，似神失，女曰：敢问郎君姓谁？卢曰：仆姓卢，字公明。小姐姓谁？女曰：小字念奴。即命爨置酒，与卢欢饮，卢不胜酒力，饮少辄醉，言甚狎昵，女亦斜目，仪态婉约，卢以足挑莲钩，女起，哂曰：郎黠，欲猥侬也，遂倾怀就之，卢大悦，抱女登榻，绸缪自怡，冀不天晓。无何，鸡唱大白，女辞卢而去。卢视，院落已无，己则卧野旷，骡于田塍食草。

卢跨骡悒悒而行，自思，昨宵所遇，必狐也，狐名念奴犹记之清晰，一宿风流奚不可长驻，心念念，神迷迷，不觉十里许，时日午，阳流火，焦渴甚，枵腹疲顿，而骡亦汗毛，迈步不进，卢下骡，寻一青石，趺坐而憩，忽一小乘从前而过，二爨左右，轿帘半卷，见女半面，卢觉稔熟，女亦斜目，行数武，轿止，下一女郎，反奔卢，卢视乃念奴，女亦识卢，卢问女何往？女曰：往泰山探姑。卢曰：同往。日晡，比至。一高脊青瓦，二狮环眼蹲伺左右，一幡然阍者启扃，迤入，步迈数武，一四时许妇人出，女疾前曰：姑姑可好，妇人曰：念奴来也。视其身后卢，诘问阿谁？女曰：卢郎，卢前作揖。姑细审之。

延入北堂，令爨铺席张筵，爵酒盈樽。半席，姑呼念曰：吾觇卢，枯眉隘额，福薄贫瘘，汝可速离。女曰：吾知福薄，但缱绻甚，愿共祸福。姑久劝，女无所动，坚不离卢，姑无计，任由之。

归席，女依粲然，而姑敛容，酌酒不勤，卢觉姑之不快，伪醉离席。至西屋入寝。三更，女遽入，惶恐失色，曰：速与吾遄返，卢不解何意，女曰：吾偶听仆云，姑欲加害于尔，抱薪欲纵火以夺汝命，言讫，乃出一罗帕，令卢足登，甫登，女挽其臂，共飞而去。

无何，稳地至家，自是与女双出双归，三载，卢欻病，渐失容貌，女昼夜辛勤，期月奄奄，气若游丝，五日而殁。女素衣发丧，营葬村南。此，女遂足不出户，一夕，女第忽失，不知居焉。

神弓

　　方子河，长白山人，狩猎。尝误坠一石穴，得一宝弓，弓背隐隐有字云：飞将军神弓。方获此宝物，藏而宝之。此弓能感应圆数里之鸟兽，如入百武之内，弓不力而发，百发百中，鸟兽无有亡者，方赖此弓，猎物无数，其家殷实，时人咸慕之。

　　一日，弓发金铃之声，一威武将军入，谓方曰：吾乃汉李广，弓入汝家已数日，今当归来。言讫，弓弹啸以入李手。方欲谢，而李已失所在。

三足鸡

汴州淮山子，岁春，牝鸡孵仔，二十日许，蛋裂出雏，中有一仔，行动快疾，淮觉其异，视之，乃三足三羽，鹰喙豆目。三月，乃大，能浮水而行，能羽掠空云。淮以为善能，优厚之，一日，淮谓鸡曰：汝生奇异，具异能，必非凡物。鸡忽答云：吾乃，天宫报晓鸡也，因困乏，误报辰时，俾上耽早朝，帝恚，谪降此二年。

淮闻此，愈待厚，鸡感淮义，仆可令汝富，淮曰：何能裕，汝从我，淮乃从其后，西二三里，至小重山，往深复行百十步，鸡止，曰：至也！淮视，乃一摩天石，石背有字云：李贼宝窟，淮大悦，李自成当年藏宝于此，世人寻之，多谬也！乃掘石入窟，既入，举火烛，洞宽阔，足履石径而行，数武，一石门阻，鸡趋前，团转，羽起大作风，石扃轰然，淮突入，则金光迸射，石壁皆明，有金珠玛瑙，数箧，淮见金夥，苦无计载归，鸡谓淮曰：切勿觊觎婪贪，所得仅一箧，此命禄也！贪必遭厄。鸡乃负一箧而回。

自是，淮富遐迩。三载，鸡谓淮曰：吾将去也！言讫，乃殁，淮以至亲礼葬。

葬毕，即驭马复往李贼宝窟，至，迷失场所，终寻不得。是夜，梦鸡戒，勿贪，恐祸及也！淮遂安己。

树
瓜

　　鲁一民，园有桃树数，中一棵枝条萎顿，而生藤蔓，叶色翠浓，竟结西瓜，垂悬欲坠，剖之，瓜瓤赤焰，食之，甘爽无比，而旁树无异，时人怪之，以为神树。

地
泉

　　淮城东北，有地沙荡，其里有沙公者，祖厚德，里人悉敬之，称老祖首。有岁七月，值大雷雨，风压树杪，瓢雨骤急，紫电裂空，一大炸响，中庭见一穴，雨息，观之，其深不可测也，水清尤洌，饮之，甘美异常，以铤扣壁，竟石壁，俨然地泉也！而周皆土。

　　水至泉口，不溢亦不少。有叶类杂物落水，立时消化，染之不污，水质如常，里人皆汲，亦不耗减，恒岁如此。饮之，则能除百病，人誉之神泉。

双首羊

亳州一民，其家畜羊数，中有一牡羊，性好斗，伤侪者夥，伴见之辄趋避。一日，复犯一羊，众怒群而攻之，遍身伤痕，数日萎靡，无何，首竟复生首，目耳咸具，倚角张，家人以为怪，欲屠之。见之无它异，罢手。此，其羊与同侪相谐日甚，众推为首，率群羊食草，喜乐，勿用人牧，且出暮归，恒岁无误。一日，群羊啮草香，忽有狼五六，欲啮羊，羊咸胆怖，惟双首羊，奔前，与狼斗，竟毙数狼，余者，视其威势，突奔而走。而双首羊因耗损血气，仆地而亡。众羊皆泪坠。家人知之，感其义，葬之，谓义羊冢。

金沙公主

陈留凌少君，年少性纯，俊驰天下，尝随子真道人学术，术成，辞师下山，途经金沙江，见江景天下绝美，遂税一舟畅游，江水明澈，细纹点点，白鸟翻旋，云天高美，凌眺目山影，绵延无尽，心大悦。

夜泊江畔，皎月空明，忽有琵琶之音绕舟不绝，提足出舱，立舟头，见远处渔火烁烁，鼓乐喧腾，遂棹舟往观，稍近，见有大舟，曼莎垂帘，廊檐分明，舟首一白衣女，端坐拨弄琵琶，数青衣舞。女见有人近，厉声叱，何处野猫敢触腥乎，凌曰：汝多怪乎，小姐清音弦缓，仆闻音而来，非戏玩子弟。女闻言，喜，要凌过舟，设宴款待，席间，女数目窥凌，见凌英气勃发，赧然无语，凌亦端详，视女，杏眼藏羞，眉挑风情，口流温语，美绝无双，不觉目痴，有一小嬛戏曰：小郎君痴也！众皆笑，凌顿神归，女亦哂。行酒不觉，三更已近，众女归去，女挽凌臂，入红室登牙榻，软语狎昵，凌乃知，女乃金沙王之公主，曰：金沙。曦白露凝，凌目惫而眠。

开目已日登山尖，舟女已失，身则卧己之舟，凌觉冥幻，然前夕之事依稀，甫起身，枕边落金玉一枚，凌置掌中，顿觉碧润浸身，觉昨夕非幻，若失怅然。

凌登舟失趣，遂弃舟造诣玉龙山，至山下，见山势奇耸，云气罩峰，知非凡之象，乃心生归隐，遂运动奇术，乃飞登入云，至玉龙峰顶，欻见峰顶乃城郭俨然，楼宇勾连，奇草遍石岩，百花散异香，凌视乃神仙居所，未敢造次，甫注目间，城郭内一骑出，一白衣女飒爽威武，有数紫衣女从其后，皆丽人也。凌觉面稔，分明相好，乃金沙公主。凌亦从其后，至一林中，众女狩猎，一獐窜，女箭镞流星，中獐，獐负箭而走，适倒毙于凌前，欲负獐，女见之，眉目含怒，叱曰：何处狂生，敢取吾之物，言毕，疾马而至，凌低首拜服，女怒色稍减，众女舁獐而走，女觉生人，命凌抬首，女见，容色大愕，急下骑，口呼：凌郎何以至此。凌曰：金沙一别，枉留相思，固以为永无会期，心失念毁，隐山不出，未想在此得会。女感其信，扶凌泪坠，众女呼跃，簇二人归。

归见双亲，王亦歆然，招为东床，于玉龙西山另置别第，自此，凌与金沙公主，日观霓云，遨游山川，逍遥云中。

西鸿鸣

西鸿鸣，岗川郡人，匠石为业，其家贫无恒产，有子四五岁，曰：西鹿灵。因产时，有鹿衔灵芝来，故得其名。鹿灵聪颖慧绝，所读之书皆能过目诵之，父大忻然。一日入山采石，见一鸡血石，状如雄鸡，喜，负以归，镂金鸡迎日，千日而成，形类逼真，置堂上，隐闻鸡唱之音，婉转不绝，西以为宝，藏之不出，视如己命。一日，一道士拿佛尘堂皇而入，见西曰：吾观汝家有紫气绕屋，贵家必有奇物，能否一观，西欺言：家徒四壁，无有他物，道士曰：勿以诈言相欺尔，汝家有二宝。西曰：愿听其详。道士曰：一宝金鸡迎日，二宝鹿灵。金鸡迎日乃天地生成，非汝之功，遇此宝者，子可贵为洞庭君山之王，兹二宝聚汝家，汝可大贵耶！西觉此道士不凡，乃出示金鸡迎日，道见之纳头拜，吾见之足也！又拜鹿灵，口言：吾洞庭龙君，冀王佑护，岁及十五可登君山获贵位，言毕化一缕青烟而去，父子望空而拜。及鹿灵十五，有华车至，青衣千人，威仪盛隆，载西一家往洞庭而去。

石
花

徽州钟秀，通史达文，擅制砚，誓生必得奇石，方无憾，尝入黄山搜石，足迹黄山诸峰，未得，心焚，一子夜登顶欲坠崖，欻见迎客松光熠熠，趋步往，至松底，见一圆石，晶莹空明，遂大喜，抱以归，置院中，翌日打磨，镂一小亭，亭下砚池，天意奇巧，百日砚成，忽一大霹雳，击砚，钟悚栗，以为砚破，近观，亭旁竟生石花数，姿态娇艳，遂名曰：亭花砚。钟整日把玩于书斋，日久，竟墨香盈室，无须磨砚，有墨自池缓渗出，书，曝数日，字不减色，反而俞浓，钟喜而为赋，以垂名于世，名亭花砚赋：黄山客松，精生其中，天成奇砚，累绮千年。墨流云以色，石寒冰以冷，方寸纳乾坤，毫末见精神。幽为品高，雅为词正，心动而情生，手舞而龙腾，端坐案头之上，冥思万壑之谷深，倚挂枯藤，倒悬松针，明月稀稀，透户照人，影上风叶疏光，露滴花萼余香，韵铺豪张，气散魄扬，望路而争驱，馨阶而兰芳，雨不坠无檐之屋，黑不染通脱之文，山峻以朗风，目注以凝神，磊落以使才，造怀以遣闷，深含旷世，抑郁以痴，俯仰品察，神扰达意。烟霞流云，腹吐金丝。夜寒不浸明月之光，晓日直上田园之房。不争喧哗，浊去而清舒，吻毫末之淋漓，感中岁以流逝。千年之一遇，显荣于大世，风雨沐身，友伴霹雳，朝看松色，暮听泉铃，得冬雪之洁，拥春媚之羞，聚夏火之灼，润秋凉之华。

镂转其骨，丹青云图。误一遭尘途，看一世凡趣，诵一篇砚赋，咏碎心以除。

钟置笔于砚，心怀释然，后钟离家，藏于黄山，不知所踪。或有云：登仙而去，或有云：化为松石。

树

银

滇西巴固，曲那依宅后生一树，势态老相，围不甚粗，高百丈，枝叶坚静，风袭不动，比邻皆奇之，敬为神。欻一日，曲那依见豹头鸟栖，诧讶不已，难测吉祸，欲以弓射之，是夜，梦一长须翁，立榻前曰：豹头鸟乃银神，汝勿生恶念，神至汝家可裕也，言讫，光闪而出，曲醒若失。乃罢手，每见豹头鸟晨出暮归，不知所途，如此三载。

曲习以为常，相安亦未见其异，家亦未足资，窃疑梦妄，甫思间，鸟张翅而遁隐云中，自此不归，曲怅然。以为心驱之，令其离，遂焚香禳，烟袅腾升，无何，自空一亮辰，坠其树，轰轰然，许久乃消，曲趋步就树，视根处现一空穴，穴围碗细，下一金碗，有液体自穴中出，坠入金碗，碗满则不再坠，俄，液变为银。曲大喜，倾碗银，置穴下，则液复坠，自此，家富裕，四方无匹。

睡树

　　浮山有树曰睡树，高皆不过丈许，寒不坠叶，四时叶干葱茂，昼立接阳，昏则仆倒，叶蔫干懒，若人酣睡，晨风晓吹，露染华叶，及阳泻而下，仆树缓起而立，叶张枝坚。及至昏则复偃仆，阳出复起。如此往环。世人鲜见之。其叶可煮食，令百疾可消，体健容清，干可为具，其香不绝，虫害闻之远遁，若为韶乐，音非世能出。有山鬼见之，梦语予，遂记之。

古
槐

　　姑邻宅后东北数武有古槐，不知其生年，翁曰：此千二百岁，不知先祖何人所植，栉风沐雨至今，恒岁不枯，寒日而花，香环数里，里人咸奇，别树按四序，独此树违常，何故，皆惑而不明，一日，有僧休其下，一鸦粪其首，僧恚，以石击之，着坠，坠处现一穴，僧呼邻人履处，掘穴，得三叠椟，黄一，红二，紫三，邻不知何物，僧则大骇，启椟，黄椟中为天书数卷，红椟为金白万，紫椟为鲜兵。僧视谓邻人曰：来此只为籍卷，望赉之，邻颔之，僧怀籍而去，后传僧研读籍卷，竟得道而去，而邻宅阴槐无缘而亡，家亦败落。

箕仙

蒙砚月故家子，晋淮人，善丹青，嗜文墨，尤喜箕，家有千二百，皆不合意，欲求精美者，遍访天下工箕者，未得称心。思天下美者，必藏之深山，于是负笈往东山，途经石云，适一女子，约十六七，容姿艳绝，若仙临尘寰，蒙问及东山，女子面哂曰：吾居东山，恰同道，相伴而行，途中二人言温语和，丰采都雅，咸不觉惫。

日晡至，女子曰：天将失光，不嫌鄙陋，可就宿，蒙曰：承宿避露，甚感情谊。女子遂延蒙攀阶，约登百级，遥见半山红檐渺渺，女曰：吾家所在，复行百十阶，至一阔院前，门楼巍巍，朱门金环，前设石鹿二，女就环触，俄顷，一鬟启楗，肩移左右，女入，蒙尾缀之，时见有二三女窥，蒙栗惴，不知所趋何所，履屈折东约百武，至一立石前，石视不及端，宛入云天，女取髻中簪，投之，突突石轰轰然，徐徐而下，出一朱门，乃一花园，女偕蒙而入，而背石则徐徐而升，女曰：此乃仙地，愿君尽得杨柳之趣，蒙视之，花明景秀，天成幽清，泠泠溪流，香薄弥隅，竹声扰风，欻声乐四起，仙娥百人，皆怀抱琵琶，轻拨银弦，音清调缓，非人世乐，蒙痴痴从女而行，昂首复见仙娥数百，作青衣舞，奔如激浪，连袖入云，复行百武，得一小亭，有二鬟早立，一石桌杯盏罗列，琼浆佳瑶，戢衉醴丰，鹿脯灵草，女就席，要蒙坐，有鬟倾香茗，爵酒清冽，女吻酒入喉，蒙亦吻酒，女谓蒙曰：东山已至，诣人否？蒙曰：非诣何人，欲寻天下美簧，女赧然哂曰：四海之内，钟簧者纷扬，所求者甚，然俗目岂能观簧神。蒙曰：吾虽俗目，然所求之心亦诚，吾生平志愿，惟获一尽美龙簧。今适汝，而宿此，酒烈烈不得开怀，吾宿此一宿，翌日当行，完仆平生之志。女端目正蒙，郎君何须尤烦，且尽眼前之欢，明日事明日了，蒙寻思，女言妥，乃放杯，三更月上乃止。女方扶蒙入室登榻，承接雨露，相狎非常。

翌日，蒙欲辞女，女曰：郎君行，妾愿从之，以辅君早得龙簧，女略备驷马，从蒙而往东山龙头峰，所经处，山石奇绝，古木千藤，行步维艰，蒙坎坷而进，肤破数处，蒙恐女弱，行而不远，顾女，惑顿解，女轻步直上，足如平地而行，俄顷，至巅，蒙落其后，虽尽其力，卒举步如蜗行，渐力不支，女见之，欻出红绫令蒙缠其腰，闭目，蒙目开合之间，已登山巅。见山势稍缓，有一径蜿伸入云，女携蒙缘径而上，约行百二十步，忽闻潺潺之水声，由一龙口流出，水清尤冽，下一潭，约三亩见方，潭中皆五色之鱼，自由往来，怡然自得，女曰：此乃龙吐水，龙心潭也。君之宝也，出此地耶，蒙诘其故，龙君乃吾父也，父亦好簧，有寒凉簧一把，有火云簧一把，有雷震簧一把，此乃三宝簧，父王宝之玉匣。蒙听罢，大喜，女曰：勿过悦，父乃啬，恐得之不易也！蒙曰：如之奈何？女曰：妾有谋，不知郎君可愿否？蒙急询何计可成，女曰：汝作龙婿，可求得也！蒙曰：吾以视侬为吾妻也！女喜，面龙峰而呼！无何，有城郭由龙心池而出，女携蒙而入，蒙视水如壁立，中现一道，壁中游鱼可见，道折西，华殿高耸，紫气巍巍，入殿，一皤发老者，端坐，蒙趋前纳头便拜，老者面稍不悦，女曰：乃蒙郎。老者恚止，女敛声立，不敢行有稍偏，蒙曰：吾晋人，好箅，欲求天下精美箅。言罢，老者立目而起，女颤栗，恐父祸蒙，疾前，以身蔽之，老者忽容舒含慈，笑曰：吾生志遂也！今卒有好箅者来也！乃挽蒙入，女亦喜，设宴款洽，席间出一箅赉赏蒙，蒙视之，赤柄三尺，箅面云翔，如月，老者曰：此乃火云箅，能煽火布云。蒙欲以手接，老者曰：汝必留此，方可赉，蒙曰：吾生志得宝箅，足也！愿留！

　　此女与蒙湎于箅界，不思归，后如何，不知！

失
月
陂

徽州杭营生，少喜玩戏，常与村童数，逐陂中月，陂中之月，或起于水，或入于水，亦与童乐，大人来视，则月藏水底，去，则跃起，乐不甚支。偶一日，有童以爆竹击月，轰然月渺，不知所去，塘水翻涌，数日乃止，自是，陂中失月，而，燃竹之童，期月而夭。人皆言童伤月神，月神去而报也！此，天月不顾，此陂永无月影，人谓之失月陂，今犹存。

陈三亿

陈三亿，岭南人，商贾财厚，轻佻好淫，里外出者之妇悉为其所侵，里人咸恶之，共詈骂短命鬼，有族尊者劝止，陈听而无物，仍怙恶不悛，一日，午寐，欻一巨人入，厉声叱曰：汝淫无休，今关圣帝君巡狱，查汝之恶，即令汝到案陈词。言罢，出一大缧绁，绾颈状如牵犬而去，陈从后而出，移时，至一殿，上座一人，美髯二尺，丹凤眼，气宇威严，陈竦栗不已，有巨鬼挈其跪下，美髯者令左右稽薄，愤不已，立令巨鬼挈至暗室，施以腐刑，一鬼以巨斧剖其卵而出，陈号腾欲绝，觉暗黑如漆，目不见身，大怖，无计可出，久乃休止，思昔所作之恶，亦觉秽目，心厌之，意悔，尝闻金刚经能脱厄，遂浼卒吏给一册以诵读，卒吏俾一册予之，自此，陈日习金刚，忽一日，有鬼吏至，谓之曰：汝思良善，今令尔还阳，勿作恶，可得善终。陈从吏至一崖巅，下视云气四涌，吏推陈而下，陈大骇，醒，见家人嚎哭，方知已死，听妻曰：已死数日，惟口有游丝，家人未窆，陈白其故，言所见，里人唏嘘慨然，此，陈剃度伏龙寺，晨除尘杂，暮敲僧鱼，夜诵大乘，后竟续伏龙佛钵，九十圆寂。后人多慨，为恶者清修自醒可为善，为善者以恶存身可坠于恶。遂将伏龙改为三亿，谓之三亿寺，今西明山有址。

落虚平

落虚平，滇宜良人，其家牝豕，未与牡豕媾。竟孕而产八子，八子皆人身猪面，里人咸奇之，以为不吉，然落无骇色，谓众曰：吾家得宝，此乃净坛使者与高氏之子。里人讶之，询其故，落曰：豕产日前，曾梦天蓬言，予与高氏有子八，檐下汝家，汝可善待之，八子皆有其异能，必能福汝。吾尝疑之，以为妄觉。今见之乃信，遂以风云雷电金木水火名之。风者，双耳起风，飞沙走石，遮天蔽日，云者，云聚可压山峰，积雨能翻河川，电者，劈山移石，断木取火，金者，粪便皆金，能光穿泥土，洞悉地下百物，木者，可起死回生，水者，能腾恶浪，能移河入海，火者，烈焰沸腾，可焚万物。此八者，尽得奇异。八子尝献术于里人，里人咸骇。后八子渐大，状绝类天蓬，倒也无害乡里，里人为常，复十载，偶一日，空杂遝有云气而下，耳闻声如雷，八子还不归府，闻言，八子皆伏不能起，有金甲数，拥八子随云而去。而落举家亦随云而去。

三日

　　壬辰天大哗，金陵扬州之地，穿出三日，倒悬五云，时人皆见之，不知何故，以此人骇，以为祸及，咸懔不已。后边兵燹四起，狼烟燃境，内安外扰，恐失力于民，三日同辉，乃天呈异象，是人危是稷兴，不得而知！

九世冉

九世冉，武平人，博技无匹，遍求天下善博者，未尝适一人，懊恼闷惑。一日，居室寂寥，思技不展，遂展衾卧寝，恍惚间，有佳人入，九视之，约十七八，韶秀丰美，流波盈澈，冉喜之，欲与之狎，女曰：欲狎，可设一搏，九大喜，以为技长，遂下榻置博器于几，要女玩博，女慨然应允，相对而坐，女先失一搏，冉露骄色，女容依旧，复博，九虽穷极博术，负一搏，再博，复负，连次数博，皆负，始服。女哂笑，冉惭，遂要共枕，女颔首许，相拥衾覆，狎昵意盛。毕，女辞而出，九怅然若失，醒，所忆历历。心落落至昏暮，甫就枕，女启扃入，甚狎昵，自此，夕夕不虚。玩博戏昵不辍，约二载，偶一日，女日昃至九所，抑郁不语，九遽询其故，女欲言而止口，双珠坠晶，九气涨急，女曰：吾实非人，乃狐，有白巅鸟觊觎吾美艳，欲寝吾香榻，吾不从，以利器伤我，言讫，捋袖袒臂，九视之，血痕淋漓，陡生愤意，欲出，女按之曰：勿躁，白巅鸟，阳出锐利，夜则力减，汝可置网，网非铁莫可，吾诱之，待入网，即可以金枪刺皤羽，方可令其死，九面露难色，网可有，金枪何处寻哉！女曰：无妨，汝至南山，西向日有一蕉树下，可掘得。爰九遽走南山，于西向日出掘得一金枪，是夜，女与白巅鸟且斗且走，入网，女失，九即以金枪刺皤羽，白巅鸟莫备，枪径入白巅，刻亡，女出，拜谢，遂与九双燕双飞，九自此不理尘俗，后入九华山修道。

红娘

　　陕西腾越师韦德，为腾越州守，政声遐迩，为民所戴，其妻年高而未妊，膝下无嗣，久成心疾，有术士相其面，谓师曰：汝当有女。师疑其诳，术士曰：半载自得。师觉虚妄，半载妻果怀妊，大悦，越年产一女，女生而能言，自谓红娘，师曰：汝可是崔莺莺之梅香，言是，缘吾俾有情人得眷属，故天帝令吾返转以小姐身，胎于汝家。师惑，问及君瑞之事，娓娓道来，所言分毫不差，师乃信。红娘容清气冽，娇态媚生，夫妇喜极，视如掌宝，红总角即延师授学，所学皆精，不用师解，能通其文理，诗词歌赋，琴棋书画，落得个出类拔萃。十五六，四方六合，富实子弟多数以娶于红娘，而红娘皆坚绝，言不嫁。父母惑而咨女，女曰：无，非琴童不嫁也！师曰：可是张君瑞公书童也！红娘曰：然，仆时是皆意通，然礼数所阻，未能比翼，吾坠尘之时，张公府君言，琴童亦游历凡尘，汝与家童凤愿未了，可结一世夫妻。师闻言乃自忖，琴童生于何处，吾不得知，爰请瓜葛之人，访之，逾岁半无耗，师焦而无计。

　　一夕，有一道士请宿，师素好道，乃延之入，置酒款之，道士谓师曰：汝为得红娘而不得琴童忧乎！师大骇，汝何以知之，道士微哂，吾遍游四海，今为汝访得，当一欢之喜也！师遽问：琴童家梓何处？道士云：去此五百里，有琴名村，此村辄因琴童而名，据里人言，庄里王孝廉家，妇临蓐，忽闻丝竹缭绕，乐音缓缓，得一男，手中攥一微琴，王喜之，遂取名琴童。琴童亦生而能言，谓孝廉曰：吾为红娘来。琴童善鼓琴，不啻伯牙，十六七出落的丰都伟秀，冠玉清目，每鼓琴百鸟咸集，势家歆其才，多欲女之，童非绝不娶，王询其故，乃云：吾非红娘莫娶。亲以为痴，屡说不止，然莫能易其志，遂罢！师闻言，大喜，复置酒款道，饮至三更，撤席榻寝。

次日，师遣阍者呼道，至所寝处，道已亡失。师乃备厚资御往琴名村。浃旬至，轻履而行，视其村后，苍山叠翠，巉岩巍峨，左一白水，明鉴清澈，时有鸂鶒娴静，白鹭冲天。右有桃花，其华灼灼，蜂蝶飞其间，人其中而疑似仙。师款步至王孝廉宅，轻叩门扉，亡见其陌，师云其事由，孝廉亦喜，诧讶不已，乃延入，呼子琴童礼，师视琴童，光采丰伟，秀韶蕴藉，不类侪辈，心甚怡然，心下暗许之婿。告孝廉曰：姻由既悉，何不早为之，王允良日，倾力合成美眷。匝月两家姻成。

琴童红娘合卺后，琴瑟相谐，翌年，举一男，名为王部，亦生而能言，聪慧异于常，所学咸通，后跻于朝堂，焕两家之光采。琴童红娘岁至九十，深寅并殁，出榇器日，瑞云浮绕，百鸟咸集，人皆见二人随云气而去。

绿赤

　　福州有溪，名曰：绿赤。长不知止，水皆绿色，中鱼为赤，相戏歌咏，音美调谐，所颂乃诗经句，人至则亡去，欲有捕得者，非死及疾，无有敢罗者，一日，山忽崩，石覆斯溪，鱼皆殁也！

舞

鸡

池州雷杰，其家有紫羽鸡一，二足如人趾，能腾扑飞蝇，亦能踏歌而舞，姿态妙曼，歌皆古曲，舞乃霓裳，如客至，即炫舞而悦客，客亦奇之，后有玩藏者以千金市之，挈归，不舞，玩者恚，责雷。退而归家，即舞。时人奇之。

天牛穴

　　于梁罗敏村，一陨石坠田旷，得天穴一，其深不见底，时人常见一牛出其穴，人走逐则入穴，是年大旱，嘉禾无获，河川涸，地裂山焦，有酋首率众，敬灵牛，日晡，见一银牛出，立雨。时人谓此穴为天牛穴，倘适天祸，拜祭天穴，无有不灵验，今尚存之。

平舆约

平舆约者，渝人也。为北碚守，少经寒，家贫，然有胆识，志气凌云，学于庠，文墨尚可于天下，以其才任县令，后擢用为郡守。尝为北碚操政，德望令民所服。

后适商贾温天林，温邀平家宴，席间，温令美妾素衣佐酒，平视素，约十八九，天然美秀，眉黛含情，指如嫩笋，腰若小蛮，世间无匹，疑是仙子。温窥平色，知其为美所惑，乃曰：青天若觑吾妾之美，可令妾伺君，不知可否？平面哂而曰：汝肯割爱乎！温曰：然，诺！

乃偕素而至馆舍，登榻狎昵，平为之解带宽衣，相拥就枕，二人皆风月场熟手，一时颠鸾倒凤，情比巫山，衾湿淋漓。自是素常与平相狎昵，而素阴怀一宝物，名曰：幻影迷情镜，此物能重现狎昵淫况，约不知。每事毕，素刻归温与之观，二人亦淫乱天外，温常谓素曰：吾得二宝，何事不成？温心术不正，贪财豪奢，若见佳丽，莫不私美之，授之以风月技巧，专惑官吏，无有不上舟者。

后，平温二者，缘于利欲有罅，温恚，詈骂约，平亦詈骂。温即出宝物，向世人播其淫逸之事，遂黜守。温素亦入囹圄。

赤霞子曰：性由本生，情由心出。贪私必枉国法，淫乱必伤其家，正官峻面，目神如电，方能享一世荣福，凡巧言佞行，作奸犯科者，卒得个毁誉遗臭，几世不得干净。

朱腾

　　朱腾者，涿郡人，喜游，所见异事夥，尝于龙云山，见一溪上走，甚奇，缘溪水而上，欻见源处，一龙口汲水，朱大骇，龙汲水，必生水患，乃疾奔下山，谓时人曰：大水将至，可速徙，佥疑言妄，皆不行，朱曰：吾见龙吸水，必水患，佥既觉吾妄言，吾无计，乃走，有十几户人从走。三日果大水患，吞人无数，存者感朱贤，立祠以敬！

祝
公

祝公，傅颖人，年耄耋，性喜玉器，耳聪目明，健步如飞，里人皆言祝似少壮。一日，过五松岗，见其山势怪巉，云迥悬奔，骇异，自语此乃龙虎之地，必有腾龙石、虎跳石，遽遍寻，至一山口，忽云气大喷，遂迷其路径，蹀躞而进，行百十步，云气减薄，物渐明了，

甫骇疑间，有红鬃马自城而出，一黑面人持牒至祝前，谓祝曰：王欲识君，可随吾见王，祝曰：王者何！持牒者面不快，祝寒噤从其后，入城，视城中气象，非人世罕见，花无枝而开，水无源而流，人皆黑面，足踏风而行，祝竦栗颤颤而行，不知所入何处，无何，至一殿，殿峨清宇，上座一人，黑面白须，须垂置地，眉如蝶羽，口方细齿外现，祝伏拜，王曰：见者可是祝公，祝对曰：正是草民。王曰：朕闻汝喜玉，吾亦好玉。吾有二玉，一生烟，一声吼，不知何故，汝若识得，当赍赐一物与汝。祝曰：不知何物，可否一观，王乃引祝至一山前，王示山左一石，石吐云烟，缭绕无穷，复示山右一石，石发虎吼之声，声回震谷。祝喜极，此乃腾龙、虎跳也，谓王曰：此二宝也！王开石必得玉龙、金虎也！王令工开石，果得玉龙、金虎。祝曰：得玉龙者行天下，得金虎者可为国将。王曰：朕赍汝金虎，可令子孙为将也！祝携金虎而去，后子孙皆为国将，家业繁兴。

童元宇

　　鄱阳童元宇，一日坐于家中，忽有皤长须者入，童礼待之，问及来由，须者不言，童复询之，复不言，童奇，以为哑，不复相问，长须者起而奔大酒，忽失，童随之，见瓮中有长须千年参，乃悟长须者，千年之参也！童自是日饮此酒，八十犹童子，百岁竟翩然而去，不知所踪，后有人在云台山见之，健如童子，世人乃知其长生不老也！

喉
雀

　　淮阳季某，性耿，好山游，一日，与友数，游瞩名目山，见山之谷若葫芦状，以为奇，遂下至谷底，欻寒气浸体，不能自己，复闻声宛虎吼，乃疾奔而出，归家，数日，咽生一物，隔物阻气，甚以为苦，四方求医，皆不得痊。后至观音庙，求之观音，允为之经，是夜，季得一梦，有一雀，其大如蜂，振羽而入喉，嘘嘘有声，无何雀喙衔一物出，于季目前环悬，渐没黑暗中。晨起，觉咽物已无，自此复好如初。问及一僧曰：季所梦乃喉雀也！

大象与蚁

LIANGFENGYUEYE

凉风夜月

　　浮山有蚁众，深恚象，缘象足毙蚁族夥，众蚁聚谋象，计无安出，中有一赤首蚁，骁勇悍膘，立眉谓众蚁曰：吾愿以一力毙象。众蚁诺。勇蚁乃出向象，伏道左，阴蔽其身，俟象，象过，疾出缘足而上，象不觉，斯蚁忖何处令其痒而无能，悟其鼻息痒颇耐不得，遽入鼻息，持渺针扎其鼻壁，往来不止，象顿不适，觉鼻痒难止，然无有它计，乃汲水而喷，勇蚁贴壁如膏不出，如是者五，象无着，复以鼻砸大粗木，鼻肿宛桶，痛不能忍，然鼻内小物难尽，迨象止，勇蚁则复扎，象鼻复左右，时短则可，久而萎其力，而蚁则旺力，踏踏不已，象卒不力，轰然倒毙。勇蚁乃出，呼其众蚁食其肉，肉尽乃去。以其弱者伐强，必使其躁，使其意乱，使其自扰，方能令强者自毙。呜呼！象至毙而不明，不亦悲哉乎！

锁与水

　　绍兴有财阔者宾某，其祖业贾，家累巨产，甲一方而人莫能及。宾初贾于赣尝泪土人得金锁一，斯能锁万物，其用广大，宾甚爱之，宝以为奇。每客至必出与友赏玩，道锁之百用之灵，友皆歆之。锁因而大倨，以为天下善能者惟己，倨傲之色常流于言。一日，窥宾不在，窃喜，私出第而游滨，乃放高言曰：吾视天下，莫仆不能锁。甫意足间，有江水应曰：仆能不假外物，能锁予乎！锁暴应，锁尔乃小计，何须闷烦，乃出锁锁水。水非固物，柔慈无力，锁力不能致身，锁耗毕力，卒不能锁之，乃软云，吾能锁万物，独莫能锁尔，何故？水哂而曰：无假外力，何有大能，善假外物，方能技而无穷，汝倨傲而迷心智，焉有大能乎！锁乃悟，自不复大言。

长白二鸟

长白有二鸟，斯黑白丽鸟也，黑鸟羽黑黄喙，百鸟羽白赤喙，二鸟皆歆广大，知南溟阔而无际，爰振羽南往，羽挟风云，翼击有声。有人见其姿，艳而无匹，乃备具罗之，置饵于上，香郁透云，二鸟嗅之，以为佳肴，百鸟不为所动，黑鸟馋而垂涎，欲下食之，白鸟谓黑鸟曰：恐世人黠，心不测，为近利而祸其身，甚憾也！矧吾俦往南溟观其大，不可心志弗坚，半途而废。黑鸟弗听，乃下而食之，被人所获，烹以佳肴，黑鸟时悔已晚。而白鸟不为外物所乱，心志坚一，卒达南溟，所见汪洋，见其大而愧己其小，乃构巢于南溟，日感其大，卒获其大，冲天神而去，为老君庭差，得上而免于其祸，盖在意欲外物否？

冯明山

渔阳冯明山，冯公之子，其好酒，恶学而喜贾，幼能至城市鬻物，而不惧壮，应答大人言，所鬻物价高而速出，为里人所誉，称其贾童。岁增至十四，自觉里市冷寂，遂与友钟君往浙地，贸缯，行舟顺运河下，日暮止舟，登陆宿于一蔽寺，有一长须僧迎迓，延入寺中，冯视其幡须及地，眉竖立出发，忖必奇人。入而归坐，僧令具斋饭，席间，冯咨僧此地去浙，几日方可？僧曰：视下不可远浙，恐祸也！冯讶，问何故？汝虽贾童，然生非贾，若走武夷必有所遭。冯遂辞钟，往武夷，钟往浙，贸缯，据言获利颇丰，富甲一方。

冯自忖武夷甚遥，足安能至，乃于市税赤马一，别僧，策辔骛驰，三日已近武夷，正行间，欻见前有一物，至马前跃而起，匿衣下，冯大骇，惶惑间，一狩者牵犬至，相问冯见物否，冯指歧路，意为物所去，猎者顺道而远。冯低首视其襟中之物，乃一紫狐，狐瑟瑟汗湿体而发清香，冯顿觉肺腑清爽，离骑放狐，狐立作揖，似谢之，没身丛林，窜而遁迹。冯续行，时日以坠地，寓馆。店主视其重资，乃阴谋之，是夜，执利器阴启扃，蹑足潜踪至冯榻前，约莫冯首处，手起刀落，刺冯于榻，掠重资归与家妇言，至院寝乃呼家妇，无以应，启扃火烛，视其榻，见其妇身首两离，血浸被衿，骇而思，所杀乃吾妇，怪哉怪哉，吾入冯室乃杀冯，何易为妇人也！爰切齿于冯，乃呼家仆数，告仆冯杀人，主与仆遽奔冯室，冯犹在睡中，不知就里，视主奴者数，骇曰：何事烦扰？主暴云：汝杀吾妇，何伪其局外人也！遂令家奴絷之，讼官。县宰鞠按，冯称冤屈，吾投宿劳顿萎力，食讫而榻寝，他室之事吾不可知，讼吾杀妇，一无人证，而无物证，岂不屈杀良善。县宰复问店主，客何由戕妇。主曰：店晚惟一客尔，即冯，盖觑吾妇之容色，祸起淫心，遂夺杀妇也！县宰即刑于冯，冯坚不认，复加刑，冯体虚焉能御其酷，乃屈而押.

县宰即令投死监，迨秋后斩. 冯于监中所思来处，疑僧云奇，非遇奇艳乃祸也！忖死亦难同乡里，悲绝不能寐，甫思间，壁忽有声，俄顷，壁砖土坠，冯惊骇，目汇壁，无何，一紫衣女子出，冯视女，年十六七，艳丽光华，娇媚盈秀，世无伦.冯讶其艳，一时木立，女哂云：冯郎大德，无以为报，今来脱其苦厄. 冯白女，何德惠汝，女曰：郎忆曩尝衣袂覆一狐也！郎为我避一劫，泪一别，每月上则感郎之厚，知郎投宿遭此祸殃，亟泪百里而脱郎于囹圄. 冯曰：吾案未结，潜奔，洵不合律. 女曰：夫子之愚，冤屈无解，杀身时日近，律不容尔申，君何从于律. 卯时吾潜汝出，别有些事未办，办妥即来，言讫，顿失所在，冯唏嘘如幻.

卯时女来，谓冯曰：妥也！冯诘何事，女负色，微明，令冯合目，冯甫合目，耳即嚓嚓有声，顿觉身凌空而行，双臂宛着翼，旋刻身振，足平实，女曰：冯郎，至也. 冯开目，已百里外，前一院宏阔，碧瓦赤墙，峨次连亘，女摄足门台，以手扣环，一老阍者启扃，女前引导，冯从其后，过三进，至一别院，甚清雅，绿竹徘徊，杜鹃迎风，藤缠瓜架，所见非人间。一鬟迎迓，入室，檀香馥郁，壁一仙子像绝类女，女令鬟置酒，所置甚丰，鹿脯熊掌，麂肉佳果。冯持爵谓女曰：蒙大恩未及通姓，复款洽盛仪，心实不安。女曰：吾紫衣。复以手指鬟曰：渠绿萝也。冯视绿萝亦美甚，年十四五，容娇色澈，蛾眉皓齿，然不及紫衣。女亦持爵，非郎君吾焉有日，汝于吾亦大恩也！乃饮，冯亦饮，复爵，复饮，意晟缱绻，冯拥女登榻，女香令冯不能自抑，接咀甚密，扪私处待瓜也！欢美且湛至上白。自此每夕呈露，琴瑟相和。

一日紫衣谓冯曰：吾欲之滇，造访阿姊紫玉，冯郎可从行，冯曰：愿往。爰具川资，即日而发，鬟相随，惟一阍者守。冯控白卫，紫衣控赤卫，鬟乃黑卫，冯紫策辔并驱，鬟从其后，甫行间，忽云盖四野，欲雨，紫色怖，鬟亦身栗，冯曰：何作如此状，貌色吓人，紫曰：恐有祸。郎若悯，可伏道旁桑下，冯乃循其言，展裳而伏，紫鬟二，即为狐，一紫狐。一绿狐。皆伏冯胸下。俄而，大雨骤至，风狂山动，雷霆缭绕，一大惊霆，桑即焚，冯昏懵然心明如镜，乃力庇，稍时，雷隐隐而去，天霁虹横，紫鬟出，视冯郎昏厥，紫以大紫丹，舌触冯郎口，丹入腹，咯咯作响，半响，复醒，紫收大紫丹于口。紫衣大悦。膝地而谢曰：若不冯郎舍命，吾以魄散无形也。冯曰：夫妇何须多礼，妇有罹，吾当舍命，不负情重。遂乘骑走马，往滇径去。行数日，至一城，城中铺楼林立，斗鸡走狗，杂艺群噪，店旗迎风，甚繁荣。冯与紫衣怿，缓揽而行。忽众大噪，有恶奴持棒，暴躁一花甲，花甲趔趄前，衣片如絮，血濡巾狼狈不堪，冯忿而曰：如此老丈，受辱不堪，恶奴可恶。下骑面向，恶奴至，何处竖子，敢来闲事，冯曰：老丈年老，何由遽棓，恶奴曰：打杀自由，于尔何系。冯曰：恶奴艾猥，恶奴艾猥，平白打杀。恶奴哄棒齐发，直取冯。紫衣以手示奴，奴众相互棒砸，一时嗷嗷，支烟辰，皆弃棒偃踣。庶视皆愉。冯前咨老丈，老丈曰：吾有一女名曰冬青，相貌颇妍，苟孝廉垂涎，唤仆去，言婚，仆不从，即令家奴棓杀，仆出而奔，幸遘活命，大恩难谢。紫衣曰：老丈归携女远投，可避此祸。吾当为汝伸张。老丈谢而去。是夜，苟孝廉身首异处。官检不知何人所为。

时日，控卫至滇，右北山东，旋见一青童子，迎迓石旁，紫衣曰：小童子，汝家主玉，曷不来。童子曰：吾主知来，特令吾接迓。童乃前引，约数武，见茆舍三四间，紫衣曰：阿玉何贫窭至此。童子曰：阿紫易讥人，吾主不过蔽世目而已，汝乃世人，见俗不堪。紫衣一时语塞，肝火纳管未发，童子无礼。无何，众从童至一青石，童袖出一管笛，横音贯出，少时，石分二局，童导以入，初，不甚宽宏，渐进便阔，行六七里，一大宅出目前，冯讶，视其院阆，琉璃明艳，墙色迷目，矧境幽寂，不类人世。足阶而进，忽闻笑语喧声，有二鬟相佐，一鲛绡女子出，曰：阿妹远来，俾欣欣然也携手挽紫衣，相顾言笑，眄睨冯，谓阿紫曰：何将俗世儿郎偕此，染吾仙地，可速之。紫曰：阿姊多心，冯郎乃正色人，与妹以夫妻。阿玉趋冯，敛衽以礼，曰：冯郎莫怪玉之过言。冯揖曰：阿姊率性，仙子天人，所言亦未为过。延入室，早有鬟茗茶于几，冯视玉年可十七八，冶容艳绝，略超紫衣，玉视冯，韶秀丰都，俊夺天然。众品茗相话，日旰，玉令鬟置酒，一时金瓯雾霈，觥筹交错，饮罢，阿紫曰：今宵何不双花眠一柳，玉頳颜瞋云，小妮子醒语。阿紫起偕玉唤冯登榻而卧，一枕二娇，冯艳不浅。琴瑟双谐。自此每日饮酒，饮后恣纵，半载欢悦。

后冯谢二女归家，里人皆不知，冯亦未明，里人咸誉冯，冯归后，依然贾缯，二夫人持家奉亲，家累巨富，阿紫阿玉各举一男，皆聪慧，擢升官宦其门第焕然。冯耄耋而亡。二夫人亦不知所踪。

钓
叟

　　钓叟，花莲里人，不知姓氏，鬓发皤然，须坠及膝，常偕一幼齿白猿，垂纶桃花溪。溪碧彻底，中有桃花鱼，长十寸余，鳞片宛桃花状，烹之味美异常，腑肺尽爽。时人赴花溪莫能得之，惟叟每垂纶即获，且知钩得何鱼，斤两几何，时人奇之。故叟每垂纶，必有数者环觇之，终，叟必赉众，众悦而归。如此数载，

　　一日，叟方垂纶，白猿哀鸣，叟色大变，即收纶，纶上似有物，重坠而不得起，叟谓众曰：余钓非凡物，恐不利于诸，当散，众咸骇而去。叟乃腾身入水，少时，涌浪惊涛，水倾翻覆，风声大作，似有械斗，半响，风息浪平，叟自水中絷一物出，视物，豕首龙身，须如利匕，目如赤笼，鳞状似桃。叟曰：幸未大，大则民害也！众拢而诘其故，叟白众，此豕龙兽，健力凶异，小者专食桃花鱼，如待其大，则食人也！小齿鱼患，大体民祸。吾俟其有年也，今恶已除，吾当泛洞庭。叟乃登舠疾驰而失。后民立钓叟祠以感德！

　　数年有民于洞庭见叟，泛舠五湖，垂纶碧波之间，常歌曰：湖波风翩翩，泛舠海江边。旧世从头数，冬青不计年。有人录之，方知叟不知何朝人也！

玉狐

淮阴柳洵，性淳，仪伟丰韶，绩学颇能诗，然偶未遇，有媒媪媒之，皆未成。柳逑颇高，年十八九，仍室空无侣，家人遍谋佳偶，柳坚辞。里人以为负，偶语有訾，柳不问其外言。

一夕，双目坠累，卧榻而寐，恍惚间，欻见一双首玉狐，毛洁且长，光艳无伦，狐甩尾翻身，依然一垂髫美艳人，绝尽风色，柳视之大悦，趋步曳狐，狐不甚拒，偎柳怀中，脱口吟咏：玉面梳妆淡，眉挑两道弯。郎君心若见，游瞩九华山。吟毕，忽失。柳寤，梦中犹记，自此柳沉湎玉狐，不能自拔，思必索之，方得安妥。乃阴置川资，负笈奔九华，乃攘诗曰：风轻玉面花，柳絮入胡家。琴瑟来相和，孤身赴九华。吟毕，忽感一小风过。

抵华，日暮，旅次山下怡潇馆。舍甚雅洁，一老妪年四五十，往来揽客，利索非常，应对自如。柳请置酒荤肴，满一卮，独酌觉了无趣味，方寂寂间，旋见老妪率一女至于案前，曰：小郎闷绝，令拙女佐席，柳悦。视女年十五六，脱然自怡，容色秀媚，珠波盈盈，柳一时目稳，塑泥无二。女持盏相递，邀情甚欢，席间女曰愿为小郎歌曲，乃吟曰：韶华到底为谁媚，月近西厢梦里回。数叹留得孤影乱，清风有意扣心扉。柳对曰：花开任意莫怨风，月上柳梢情意浓。待到三更时夜半，双烛一对焰相同。女赧颜不语，复满卮，柳覆卮满饮，复吟一绝：烟外花动人，轻开两扇门。双唇合对饮，一手揽玉身。女微哂曰：小郎佻也！非雅和人。乃吟曰：柳边懵懂人，无辜触花针。风狂折柳去，雨骤断银根。吟毕笑而去。

　　时月出九华，中天空明，柳出舍步山间，山径逶迤，岭绵无尽，乃吟曰：山高月色明，水瘦谷石清。雀鸟栖枝小，豺狼息穴听。山间无管竹，庙里有钟磬。今夜凡人月，他宵上紫庭。吟尔，欻闻妙音，自青石后出，也成一律：寂寞山间月，幽明水底歇。风声岩加厚，谷响岭重叠。绿树怜遥夜，红花恨短别。今宵人美貌，俟尔广寒阙。声歇一白衣女出，体态婀娜，素衣花容，妍丽比姮娥，袅袅赛飞燕。柳视大惊愕，女非别，乃梦中玉狐。女敛衽曰：柳郎好雅兴，月色朗朗，特来会于此。柳作揖，曰：狐妹天人，唐突造次，还望宥。乃趋前偕女，足津而行，一鬟挑灯从，柳视之，乃馆昼佐席者。徒百十步，至于一院，门楣字俊，上款：九玄仙居。柳责字由，女曰：此乃九天玄女相贶，九天玄女吾姨也！言间，已入，一池水碧，山石峻拔，有亭峨立于山半，云气奔涌，杂花异香，曲廊回旋，真乃仙境。寻当，至一红楼前，柳吟曰：池水碧涟涟，山石势入天。廊回幽远道，鸟唱赤楼边。女应曰：院落杳深深，孤独闷煞人。云来鸳枕梦，月破掩庐门。入室，两相狎昵，真是：芙蓉帐里春暖，玉臂怀中情爱。巫山云雨飞落，梨花迎风吹开。柳枕边一绝：春临溪水清，雨落梨花明。帐里香宵短，复耕忘晓晴。翌日，女偕柳归馆，见母，母乃老妪也！自此经济馆舍，唱和赋词，相谐雅甚，和美无比，翌年，得一胞双子，皆第。柳九十而殁。后有人在九华时见，柳于一美妇相偕于道中，友陆炫九华人，言述，吾撰录，为之传。

付

酬

晋源民付酬，年二十几，木讷，性懦，娶东村李世才女，女貌陋，齿黄凶目，惰而悍怒。里人皆知，悍蛮无礼。有子十龄。常遭母暴挞，一日，子于邻家伴戏玩，伤额，母见之大怒，以白梃挞其身，碎其齿，血注于口，子号痛踣地，母不为所动，以梃击子久，子奄奄不能号，方罢。父见悯，怒其毒，抢白于妇，妇詈骂，阴恨夫。是夜午，俟夫寐，蹑足自厨取刀欲刖夫足，刀半入，夫痛痦。乃止，否则废人也！自此夫惧，不敢与妇争。然每夜则惊惶不能安睫。父子稍不顺，则遭妇詈骂梃楚。

女父世才闻说，劝女贤德，女大怒，指父詈骂，父气瑟瑟，大骂女，汝悍而不孝，天必谴也！女曰：老鬼糊涂，天无正理，吾必逆天而作，复指天而詈骂，父闷躁而归。逾旬，父病而不起，药亦无计，半载而殁。家人传噩耗于女，女曰：老鬼该死，去而静也！亦未奔丧，未尽孝礼。

才魄未散，赴冥王，陈女之悍，王令鬼使呈稽薄，曰：此女阳寿还得五载，父坚请，此女在一日，其夫与子，皆难活，请王消寿即勾得。王见父诚，乃俾鬼使勾女，鬼使去，无何，鬼使絷女至，女见父大詈骂，老鬼害吾，吾不诮与尔为父女，父大怒之，以至冥司，还得猖狂，吾有尔，实则大蒙羞。王见亦怒甚，可见才未欺吾，令鬼吏以檀板掌其口，百十下乃止，女血流满口，齿尽脱，号腾不已，又令鬼吏支一大油镬，薪燃油沸，一赤发鬼吏挈女投镬，俄顷，女化青烟，鬼吏以叉起骨，出镬复为女，女长跽哀饶，父曰：此亦不消吾恨，肯王将其囚，刀山火海中，让其日受刀斫火煎之苦，王许，有鬼吏绾纍牵之，投掷刀山火海中，至此腾跳号啼，永世受苦。人与人善，必能消祸福昌，为恶自有罪果。

灵
姑

灵姑者，鄱阳人也，年十六，清容隽秀，雅洁冰美，好道术，尝值崂山道士，授以《符幽经》，能幻化，招云致雨。然灵秘而不宣，父母亦未知其术。一日，灵姑入君山游瞩，君山浮洞庭之水上，翠拔云霄，石势岞峉，灵缘山径而上，行百十阶，欻天气乍变，黑云腾涌，急雨如注，一时风号瑟瑟，山为雨势所覆，灵惶避一巉岩下，俟雨止归，而觇岩外雨势，恐一时难息，正思彷间，旁一青崖，忽开如扉，一青衣出，要灵，灵隶青衣人，初隘不甚敞，渐进而廓，道旁青葱射目，旷野无际，浮云翔飞，隐隐有瓦舍，而道上亦人马喧逸，所视人皆女子服炫装，体态婀娜，飘然若仙，行六七里，无见男子，复行百十跬，地势渐扬，端处有一宇斜出，后院宇整严，一青鬟拔关而出，延入，灵惊怪，不知所遇何处，恃术并不惧，远处有一阔场，绿草盈盈，笑声漾漾，稍近，目楚，乃十佳丽人，围场足球，中一女郎，十八九，紧衫短裤，汗涔涔而体香，面绯绯而色妍，金莲掠云，横夺四方龙阵，粉颈摆动，鼓起八面虎威，势如风催，情宛山倒，走足以凌厉，挪身而迅猛，目注门而不散，球入网而乱腾。一人纵横，几鬟驰骋。灵姑凝目，难抑自己，抃掌大言，妙哉乎！妙哉乎！女咸息足，斜眄灵姑，女谓之曰：劳顿灵姑，相烦徒步。灵姑讶云，尔何知吾姓氏。女曰：姑无相问，自会道白，先下场一戏尔，灵姑欣然从之，入场不怯，阴俾术，一时，灵姑得逞，以一敌十，球频触网，众女叹服。戏罢，归第，众盥洗毕，女以盛妆出，灵姑复审顾，"芙蓉清秀面，仙里婀娜姿"，光艳耀目，绯颊流霞。女设席款洽，桦陈几案，鹿脯罴掌，蟠果杂蔌，塞案而列，灵姑视皆人世所罕，席间，女曰：曩年吾祖寓尔祖第，祐庇吾侪，吾祖与乃祖融洽不间，时觞对月，尝谓子孙曰：吾尔当袭世谊。知汝入山，特令青衣要至荜蓬，冀勿嫌陋。灵姑对应，吾亦尝谛祖言及，今相得见，何不以姊妹相谐。女悦，令鬟陈香案，二人对月祷拜，女为姊，姑为妹。礼毕，姑曰：阿姊姓氏，女曰：月丝也！复觥筹交杂，情更眷益。是夜，共榻而寝，言相志同，不能安席，迨太白渐没，方稍安睫。

既白，灵欲辞归，月丝虔挽，不舍离去，灵姑亦念挚，复住四五日，次日方欲行，忽闻院外喧哗，甫疑间，有鬟跌跌而入，口言，罴至，罴至！祸及无避也！月丝亦惶骇，反入室执剑欲出，灵姑曰：众俺姊妹，莫生狂躁，此物吾有法治之，众从灵姑拔关而出，见罴数百，黑压压似乌，气汹汹似魅，一罴跨小青骢，执阔叶柳芽刀，面如黑炭底，目似死风灯。毛长如被笠，腿短行不捷，其余皆执小风耳三尖刃。灵姑则执风摆乌金刺，左月丝执长剑寒光射目，众鬟皆持剑，芳芳阵里寒气，香香丛中英爽，群艳杀气重，众芳遇敌凶。罴首曰：月丝小娘子，吾于山中窥汝数日，每思玉容，则不能寐，今来请小娘子随吾之意，与吾进洞礼成，岂不美哉！灵姑怒詈，等陋鬼魅，佻浮无度，焉全体归。罴首见灵姑，心悦，此未见，亦美甚，亦可温榻，何不与月丝娘子双贴于吾，吾置大榻而已。灵姑怒，举金刺直袭二目，罴挺刀相还，罴力大刀沉，刀法练熟，灵姑力不敌，乃叩诀，一时墨云四合，剑如雨发，罴亦示弱，即念叩真诀，墨云四散，剑雨坠落，乃藤刺也！灵姑讶骇，思忖，敌罴宜火焚，乃举乌金刺往空周三匝，霎时霹雳大作，圆火疾下，附罴即焚，顿刻，罴号乱窜，伤半，罴首欲潜走，月丝率众鬈，挥剑砍杀，余者尽窜草石间。灵姑大悦，胜而归。灵姑谓月丝曰：此山怪魅夥，不宜居，阿阿若不嫌陋，可移家仆宅，月丝曰：劳烦妹妹了遂移家灵姑。

　　至灵姑家各安所宿，灵姑唤兄灵起见阿姊，兄年十八九，未侣，月丝见其，修伟风貌，俊丽儒态，心怦怦然，赧颜敛衽拜揖阿郎，起视月丝，清波乌发，娇艳媚丽，若仙子临凡。心生狎昵，欲相亲爱，碍于人，作揖回礼，阿姊来，陋寒顿增光采，即令家仆备置酒宴，席间灵起频爵，目不移月丝，灵姑会意，言通二人意，二人悦，酒息，灵起拥月丝登榻同枕，妙体游龙，一夜光景，自不必说。自是，两下相和，情绻益浓。后举第移迁他山，不知其踪。

渝
女

渝女某，年十八九，貌妍秀洁，秋暮归家，至于家人约所，见一赤色御，以为家所御，因上御，御者，四十，黑肤豹眼，女未白，即驾而去，途中，御者视其貌好，相狎昵，女怒曰：无耻徒，纵胆色起，以何面世人，御者见其拒，亦大詈骂，女亦反詈，两下不让，御者即止驾，以力欺之，女坚拒不由，遂怒煞之，弃尸山丛，窜遁滇之德宏。家人至约所无见，知上别御，乃讼官，捕吏访得，遂于德宏捕之。鞫实乃杀之。呜呼！恶念至即鬼至，死即期，他死亦并己而亡。故人善则安，人安则亲悦。世之道，孰能悟之。

巫女

　　齐有伯女者，性和贤善，约而理家，里居民皆誉其德。一日，入酒肆，方食，有巫女者，前咨伯里居，亦询联络，伯不识其，以言拒，巫以其颜面无，即曳其衣，伯不相让，两下操木器而斗，巫父，亦持木器伐女，伯渐不敌所围，其父以寻杖暴伯首，血流如注，后医者回力无天，伯亡。巫乃笃信邪异，以为伯乃世间魔，荒唐至极。邪非善，弗戒人以善，而唆人以暴行，岂可存于世，佛乃正统，不至人走火，呜呼！笃信教，亦能善，亦能恶，世人慎择。

香娘

马天小蜀人也，年十八，仪伟丰都，酒徒性豪，有胆色。一日与友四五，饮宴于双乳山，见山势奇秀，两山峙绝类少女之乳，友人曰：此女必美艳轻佻，以两山秀其隐，不德也！然作妇亦洽，马谓友人曰：女虽秀其隐，亦贤也！友人曰：何以知之？曰：尝闻长者云，昔此无山，居百户，嘉禾难生，水匮令民无以活，有村西班朝雨，所生一女，体自生香，味宛茉莉，辄谓之香娘，年十七八，容丽洁艳，天然婀娜，如仙子无二，性善，时为里况忧戚之，欲绝地汲水，乃与父谋良地，见南有紫气，遂趋之，行五百步，至一锦葵之所，乃掘地，掘七八尺，土燥如初，香娘曰：此深不及地泉，何以有甘，复下掘四五，如初，复下掘七八，如初，乃恚而曰：天欲祸里居，某必以死拯救之，遂触镐而亡，父哀之，里人亦戚悲，遂以赤梓器就掘地而瘗之。甫归，忽雷霆咧咧，地动颤颤，风雨大作，二日乃息，里人见掘地起两山，山卑处黄花簇簇，稻禾郁郁，细观之，则如一女平卧，二山作双乳，身掩良田中，后有双瀑自乳峰而下，给民之水，溉田禾，人饮其水而不病，里人咸敬之，故吾曰秀而德者，香娘也！众颔首皆敬。

自是，马时入山，觑女容姿，一日，甫注目，欻见两茆间现一大赤梓，遂奔就，启梓，一女眹丽面如生人，马良视久，悦之，乃负女尸归，日与狎昵，冀女活之。数日，复负女尸入殁，归而痴成，日乃想念，一夕，方登榻，闻扣关之声，启扃，一女绿萝女入，烛视之，乃日思之女，遂大喜，欲挽臂而眠，女忿然作色而笑曰：尔亵吾身犹怪之，何作如此不良人。然予情重而不伪，故来相见，否必则祸于汝。马作揖谢过。女色稍解，马咨其姓，曰：香娘也！马愈重之，乃置酒食厚待之，席间，女曰：吾与汝有天配之缘，特来先见，如若长久，郎君旦可赴山中，负吾尸身至双乳峰脚，"地月潭"为吾浴，吾当会汝。言毕辞而出，马起身拔关，女已失。

旦日，马匆遽之，负女至地月潭为之浴，但见女肤色光洁，荣态万媚，体香四溢，依然活也！女令马避之林，马回身，女亦着绿萝裙，风姿天然，宛若菡萏出水，马悦而大色，携女而归，以夫妻礼而面世人，里人知其事，咸来道贺，自是，马发而不释卷，逾年，赴京闱墨，中进士，华彩而旋，任潭州守，后擢升刑部侍郎，女亦随马迁都，和乐一世。友彭越感其事，令吾录之，吾代笔而成。

冰川天女

　　方英者，桐城人也，方苞之孙也！少而聪颖，习五经，通六艺。时人莫能齿列。与桐城姚预最为友善，预姚鼐之孙也！武人，少有勇力，尝随少林过路僧学金刚掌，长臂拳，豪侠性旷。乾隆初年，二者约游瞩至天山，天山西之陲也！山石拔峭，蜿蜒连亘，树碧影寒，皑雪叠峦，危而难缘径，登而不辨途，鸟飞须问天，云过也低头。英谓预曰：山高必有奇境，水远必有其灵。今以力上天山，何如？预曰：然。遂自山阳而上，缘藤搭岩，指钩石出，穷臂力，运足气，近于层巅，然力大耗，二者渐觉臂木，身软如丝，甫惶惧间，闻巅上有女子相戏笑之声，乃呼！女子闻，息声，见二者欲坠，一素衣女子，一黑衣女，如弹射出，挈二者而上。之巅，乃一阔地也，数十紫衣女，皆执弯弓，悬短刃。英作揖谢曰：身入险境，莫不仙女出助，恐命已陨，小生大礼过去！言毕二者躬体及地。素衣女曰：二者何来？私入吾仙城。英曰：闻天山雪莲，山势摄人，特来观瞻，不想误入，还望宥待。女曰：汝何人？曰：吾方英，渠姚预也！今得见仙子，吾幸也！问及所姓，女曰：此天山雪城，吾父乃雪城王，吾冰川天女，挽黑衣女曰：妹雪莲天女。余者鬟也！英注冰川，明珰佩环，乌结高挑，面含春水，目流莹澈，韶美艳丽，心詟然而动，预则视雪莲，雅洁熏人，明皓风流，媚丽含俏。乃二美仙也！二人见望，皆羞怯于人。素黑二女前引，方姚及众鬟从之，往雪城而来。雪城去此五里，过一小摩岭则到，摩岭中有行道，亦不受阻，因而不消几刻，即到。

英姚望城而叹，真乃人间之无所见也！四山环围，峨殿高耸，檐翘峻拔，银瓦铺连，角坠金珠，叠叠层层，不知蔓延何处，寒寒岖岖，亦有芳华漫天。英乃吟曰：银城耸入天，霓蔚作衣衫。紫气城王在，虽冷不生寒。素衣女接云：好个"紫气城王在，虽冷不生寒。"吾亦吟一绝：城郭瑞气祥，白日射银光。琼树铺华地，高歌舞霓裳。黑衣女曰：阿紫妙绝，吾亦有一绝：双花并蒂开，孤寂少人来。幸有天怜爱，将花异地栽。吟完，绯染双颊，冰川曰：死妮子发痴，何来厌人之语。雪莲哂而走。

至城，引而见王，入殿，王坐龙椅，二者拜揖，王问其所来，英言其故。王曰：名士裔也！吾敬之，审其二子，英颜若玉，秀洁韶美，儒色庄重，预颜如铜，魁伟貌丰，神情凛然，大喜，谓英预曰：汝二者可有箕帚，曰：皆未偶，王曰：吾有二女，未字，欲为婚姻可否？二者皆曰：天佑吾家，可也！王乃入室咨冰川雪莲，雪莲抃掌，曰：吾要铜颜者，阿紫素有锦绣，当得配颜玉者，王曰：无色妮子，曷敢踉蹡如此，雪莲敛容，王复咨冰川，冰川曰：白玉者，吾意随也！王悦出，谓二者曰：偕也，乃置酒，鼓乐喧天，娥舞翩翩，爵瓯交错，味珍满案，三更乃止。英挽冰川公主，预扶雪莲公主，入帷帐，解罗衣，浩荡春风，香浓体浴，各就枕施云布雨。

旦日，拜王于琼心殿，王见二女二婿，喜而难禁，谓之曰：汝俱有家，吾心已了，今有二山，可各司，冰川公主司黄山，雪莲公主司嵩山，汝可尽守门户，令山出灵秀，切莫旷废山石，裸而受风寒，二女谨记，叩拜而去，自是，英与冰川护黄山，二人相吟咏，逍遥绝世。预与雪莲护嵩山，巡山安守，亦乐世外。水云天言此事，记而传也！

九龙汲水

甲午十月二十日，天呈奇象，于肃之青海湖海心山之阴，欻紫霄黑云旋动，雷辊电霍，俄一玉柱自天而垂，绝类龙形，俄而三、四、俄而五、六、俄而八、九。数人见云中似龙尾摆摇，惊骇，咸曰：此乃九龙汲水也。近午乃隐去，乃盛世祥瑞也！

神虾

叶雨者，浙温岭人也，业渔，甲午十一月二日，至温岭石塘渔，初罟泥石，乃忿而复罟，获瓦砾数枚，心悒郁，又罟，觉沉不已，以为获大鱼也，启罟乃一虾，生所未见，虾身披锦绣，绚烂无比，硕首，如染蓝，身长三尺，肤青绿，触角七寸，黑白二色。叶以为怪，至市鬻，有财雄者，陆生，以五十金得之，叶喜，所得颇丰而归。

陆生掔虾往石塘释之，途半忽有人呼陆生，生顾，无人，甫愕疑间，复呼生，生低首，乃虾曰：感君以金拯吾，固当以面示君，然形甚狼狈，君期五日，之飞云江，岸有一大梅树，树阳有三穴并列，汝以指扣连次往返六，即可。其时必厚报之。切记，三更可入，莫忘。生乃允，至石塘释之，虾入水而去。

时日三更，生从其言，至飞云江，果有大梅树，数陈三穴，乃环扣往返，忽三穴为一，其大可入，生躬躯而入，穴即合，早有二鬟迎迓，生从其后，约百武，一虬须客偕紫衣青童者百，客步趋遽，拜曰：汝可识乎！生曰：不识！客乃笑曰：救命人难知仙相，吾不责，吾乃虾王也！汝石塘释之者也！生讶异！拜而曰：不识仙体，乞不罪某。王曰：何罪之有？乃令鬟左右而行，至一宏阔地，有楼，曰：游逸。

王乃置席，众臣佐席，樽醑交错，爵盈琼溢，真味海肴，香果杂蔌，生视皆人间之所无，王频盏谢生，又令十女相陪。

十女王之女，曰：霁华，曰：芙绿，曰：翠娆，曰：珮紫，曰：虹绽，曰：月楚，曰：明灼，曰：芷兰，曰：珺珞，曰：碧翘。皆国色，妖娆艳丽，俏目流云，樱含玉珠，韶秀灵佳。王曰：吾女譬孤十指，吾甚爱之，今汝可以器拔者三，为君衽席，不知君意可否？生乃避席，叩拜。乃器珮紫、月楚、碧翘。王笑曰：陆生慧目，三女皆明珠也！珮紫善弹艺，月楚善吟，碧翘善舞，君偕齐也！生复视三人，出色其余，大悦。是夜三女相枕席，美自不说。逾晨，生偕三女拜王，，王乃置别院，曰：驸马府。生此三载，已三子三女。生觉离家久，乃思归，女白王，王乃允。

至家则宅荒甚，蒿草欣欣，野雉飞归，生凄惶，咨里左右，皆言无有，尝长侪言有陆生，走而未归，今已三代也！陆生觉世无嗣，不可，乃置办宅院，留长子陆楚延香烟，娶妻绾鹭，遂成陆之脉，有陆王巷，今犹存之。陆生乃携女归，自此不出也！

百花

齐郡张延之，诸生也！一女曰：百花。年可十五六，天姿绝色，乌鬓斜坠，目瞳幽澈，齿皓澄洁，雅眉娇颜，昳丽无匹。性尤喜花。母产日，凤鸾翔集，香馥盈室，经久不息，宅阴欻生百卉，千姿繁覆，瓣重吐丝，娆色交错，为里一时之盛，延之讶异，知此女非常人也！尤厚爱之。为宅阴之园名之曰：百花苑。

花总角尝随父游百花苑，能言百卉之名，父大异，疑女为百花仙子，父觉女越凡，乃授五经六艺，诗词歌赋，花皆得其理，父尝令作百花赋，顷刻笔就，父阅之，文理皆熟，不类生手，多峭拔之语，多艳媚之词，大悦。于是又令作百花诗，随口吟曰：华丽靓容富贵身，洛阳谪贬百花人，众卉听宣由派遣，唯有牡丹逆玄真。吟毕，复吟：春深闺怨问天涯，细雨柔风洒万家。桃艳承接恩爱露，翻飞紫燕恋桃花。吟毕，复吟，惟"霜飞花大静，雪落鸟稀声。""细柳知别离，春花怨煞人。"句多怨叹。百花之华，一时为里人誉，势家子相趋媒姻，然百花皆无所动，日奉道德，父亦任之。

一日，百花拟往天柱，置川资，二鬟从，辞父乃出，行可二百里，日旰至天柱，山岩岞岞，苍郁连亘，欲寓所，然四寂悄然，心惧，栗栗而行，忽前灯火莹莹，渺有人音，心神稍定，谓二鬟曰：今有宿焉！二鬟亦喜。趋百武，视一朱户，门漆焕然，檐角飞凌，廊柱峨立，内有喧声，一鬟扣关，无何，一老苍头拔关启扃，见百花，咨何由甚急，花乃言夜不作行，投宿天旦。苍头曰：诺。乃延引三者，花见院落宏阔，烘笼高悬，人影往来，遂询苍头，苍头曰：老主母寿诞，故腾喧聒噪。百花曰：惶惧而至，未礼就烦，实乃无意，苍头曰：无妨！乃导引见主母。

百花及鬟从其后，登堂见主母，母见生人，咨苍头何由，苍头实告知，母未责，视百花，乃韶秀美人，即喜，曰：老身寿诞，有百花献贺，缘也！百花大惊，斯媪何知吾名，目疑未解，媪知花惑，乃曰：吾乃尔姑母，汝十齿吾嫁天柱许元君，今已有年未归也！百花视其貌，姑母依稀形容犹记之，知媪言不伪。乃拜曰：今适得姑母大人，幸也！姑乃重置酒樽，排铺佳味，又引表兄许生，表妹许月见礼，百花回礼，三人团座，竟不陌疏，言相谐和，情吐由衷，一时宾朋共觞，杯盏交接，喧声耳聒，罢宴已三更，撤席卧宿，百花与月同榻，相问牙响，无息眠之意。忽有人吟咏：月影移廊寂寞窗，风吹秀色伴情郎。不知今夜谁家好，书中颜玉作他床。吟有忧伤气，百花问曰：夜静何来吟咏。月白此乃兄之友白生，好吟咏歌赋，今夜月色，恐无处可发也！百花乃和曰：月落才知心意旧，徘徊方得月中游，蟾宫玉兔桂花雨，难见今宵月色羞。棂外人似有所动，息声良久，乃去。月曰：阿姊心动乎！百花曰：斯人腹中锦绣，恐非土人。月曰：旦则为汝作伐。

旦日，月谓母曰：白生夜咏，百花和之，吾觉二人谐和，可为姻，母喜，作人递言，白生亦喜，乃作连喜之席。姑母为百花完婚。一时鼓乐喧天，灯披红绫，门楣天作，宾客复来贺。氛更胜前，白生酒醒，频杯月母，自思失恃怙，无许生兄照料，无以为计，恐零落他处，今得仙妻，生之善福也！遂合卺礼成。

期月，百花辞姑母及许生许月，偕白生二鬟归，姑母泪坠，亦不忍，谓百花曰：十载汝当来，吾再会。百花归家，告白父，父讶曰：汝十齿，姑母已殁也！今见之鬼也！白生亦曰：吾游天柱，得识许生，生豪淡，喜谈文，吾识许生亦鬼也！今姑母阴作伐，全吾二人婚姻，吾当报之。

自是，百花吟花赋章，白生通读五文，秋闱直达青云，天子授天柱守，接绥归，偕家口任，之天柱，偕岳、百花祭拜姑母。是夜梦姑母来谢，白生天柱十载，百花辅政，民富山郁。

父九十殁，姑母来哀，谓百花曰：今十载，吾见汝，冀汝弃红尘，于是白生弃官，随姑母而去，后不知所踪，有人云，在天柱山巅，尝见百花与白生。不知实否！今吾记之，以留佳章。

秋
云

邯郸郭麒，年可十八九，崇俊佻浮，性耿豪达，好游，偶远行至扬州，足不堪力，身疲困乏，思得店歇脚力，矧日芒收敛，溟色入野，忽前数武，有灯幡荧荧，趋乃足摩店也！摄足而入，有十八女郎迎迓，曰：榻之可歇，以水汤足，足力可恢也！郭喜。视其女，乌瞳秀眉，目含春水，莲足轻移，顿觉妙境千叠。

女郎乃以丹参红花水汤足，郭足入水，顿觉神清气畅，女郎以酥手，捏其足，肤凉如冰，腻滑柔润，欲力不力，扣趾缓按，血脉气通，约半晌，郭力盈充沛，足舒神聚。问之何许人氏，答曰：沂水，名曰：秋云。汤足毕，又令摩其腹，郭以手附其尻，女知其佻浮，不甚拒，麒甚进之，与之狎昵，女郎登榻，相拥叠腹，欻麒觉背木，无何方失。深寅，女遽起，惶惧曰：郎君速去，相祸者至也！郭曰：何物敢欺尔，吾必相御之，女曰：君凡，恐无力，不去，则命陨也！郭坚而不去。忽闻夜风瑟瑟，树影剧曳。云疾出，郭穴窗而窥，见一媪，年可花甲，紫衣旷袖，目凶凶然，如赤炭，发髻螺顶，曰：吾来。死妮子，何不迎迓！云曰：不知祖母夜召，故而惶惧！媪曰：可有壮齿之精血。对曰：无有！媪立眉曰：仆嗅有生人气，曷伪言。云曰：不敢！有一壮齿于西山，吾给之。乃率媪而去。良久，风声乃息，四围归寂。麒觉背木，乃女郎未加残祸也！心甚感之，老妪为怪，秋云从之必不自许。吾当为秋云干预安身，端其祸。作侧辗转，至曙色上穹冥，秋云亦未归。

旦日，视店无存，惟一大冢，枯藤绕蔓，蓬草深深，方知越夕所适乃狐也！郭心不甚惧，冀复遘之。

不日至扬州，扬州乃豪奢之地，烟云笼笼，繁花杂树，清流漫漫，郭心神顿阔，闻言瘦西美甚，乃趋足而往，甫行间，有道牵衣曰：吾视君有祸也！郭曰：何以见？道曰：君凡不敌一媪，可有斯事！郭曰：然。道曰：吾视有缘于道，今授汝莲花镇坤大法，登云破雾之法，可敌媪。郭大悦！道乃授郭法，毕，飘然而去。于是郭税一寓，日操习，先飞身云际，双掌如莲花，千枚莲子疾出，锐势不可挡，及着身，则真火焚身，何怪亦能服之。

一夕，郭甫就枕，闻叩关声，下榻拔关，视造者，乃秋云，郭喜，挽云曰：何奔突不见，思服人也！云曰：固欲加害尔，然尔不类奸，故纵之，君所见妪者，族望重也！习大丹之法，以壮者之精血行气，令吾为之惑壮齿之人。君能勉之，幸也！今妪去南山，吾才得遑暇以顾汝。乃登榻相狎昵。自是夕夕不虚。郭与云缱绻，情如胶漆。一夕方欲安寝，欻闻窗外有风瑟瑟声，云惊惧曰：将祸之媪来也！郭曰：莫惧，吾可敌之，乃拔关而出，云从其后，妪见之，怒曰：死妮子悖意，馋男子，毁吾好事，当不宥，乃奔云，云将突，郭曰：何惧也！媪愈冲发，长袖舞动，如寒色利剑，向郭而来，郭定，乃纵云端，使莲花镇坤大法，一时莲子千出，媪骇然而走，莲子着身，真火焚烈，媪刻烟飞。云喜，今可安席尔！

郭与云旋里，里人皆羡美妇，二载举一男图，贵显，后为禹州节度使。郭百岁殁，云亦失。

红林紫

红林紫者，金陵人氏也，父母崩析，母殁，寓居姨亲家，姨待如己出。年二七，身颀长，容绝艳，善灌球，待字闺。姨为之遍求偶，咸未得。

有林凡者，与红年仿，身修魁伟，性敦良，亦善球技，以慕其容，羡其技，乃奔而告白，红以之信而许之，红偕凡归，姨亦喜，置妆奁，送女林第，遂合卺为夫妇。

自是，二人日习球技，冀得超常之法，然未展进。偶一日，有僧过其宅，视红久，乃入第谓之曰：汝有佛缘，今来度汝，可随吾去天云山，何有如？红曰：愿往，遂别家而去，至天云兰若，僧授以扣指弹物法，研习三载，方得娴熟。不论靶标远近，红扣指弹物，物皆能中，击球无有不中环。红时有归意，僧曰：汝凡尘未尽，五十当皈依天云。红之家，林甚喜，咨所得何异能，红乃示弹物之长，授林以弹物之技，二人善此法，即以场演示，敌十人，十人皆不能胜，名噪一时，有善球者决雌雄，亦败北，人云二人为：球神。

天命年，二人皆皈依天云，绝尘弃世，后兰若野火，二人不知所踪。

苏言

秦阳苏公，子苏言，年可二十余，丰秀俊仪，好幻术，能令毛羽化仙子，仙子于盘中歌舞，妙姿怡畅，雀舌婉转，时人以为奇。

一日缘道徒步至粤，途至莲花山，山势峨嵯，木荣覆崖，雀噪树杪，有一观居其半，青瓦檐凌，落浮云之中，言觉秘幽，乃登山而造观，足百十阶，至观，门首书云：莲花观。履阶叩环，无何一小道士，拔关启扃，问所由来，曰：诣仙长，不知可否？答曰：在。乃延引至后堂，见一道士，正坐油漆墨椅上，皤须齐胸，目明如电，言拜揖，道亦礼。言与之纵漫，皆宏法微义，所知皆稀闻。道曰：汝可随我观一仙境，曰：可也！

道前言从其后，出隘门，道令其闭目，言顺其语，合目良久，道曰：可也！视乃生地，芳英繁杂，林郁葱茏，凤舞鹤翔，蝉雀鸣跃，有羽纱者数十，皆艳绝，苏咨所在，道曰：仙羽山。此山皆美绝仙娥也，无何，一女年四十，冠佩明珰，身着团龙羽衣，有百羽纱者从之，道乃趋前，清地惊扰，望师妹待宥，女曰：兄至，乃如春风尔，何言扰烦。乃延引至明艳阁，置酒殷款，有数十艳绝者，舞影婆娑，中有一美者，容芳俏洁，目如碧水，唇染桃色，媚丽无匹，苏瞳莫转，女王曰：此小郎君痴也！道曰：恐以为女所诱也！女曰：渠吾侍女也，名清婉也！小郎君若有意，可偕去也！然天缘不可逆，此女必人间会之。

可令苏公子，至葫芦云山，则可见也！

　　道苏别出，乃归。苏寤，一梦也，然梦中之境，犹记也！道哂而曰：速葫芦云山，可得佳艳也！苏离兰若，驰葫芦云山，果见清婉，乃吐心曲，清婉知会，偕而归。数载，二人游天明山，有一渺然峰，绝类仙羽山，二人奔，后不归，人亦不知。记之以留一佳话。

孝儿

桂宜州，七齿童李瑜，聪敏至孝，与父情洽，父嗜酒，醒醒为常。一夕，父夜寅未归，有乡人言，去家六十里，父与友酌欢，醒而不能归。子瑜闻，遽出，时天寒，子裹衣御，以遽而足露，履有前而无后也！驰车往，以车载归。童驰车熟尔，观者皆骇，咸誉孝儿。

花娘子

秦斌者，金陵人也，年二十，聪慧柔谨，十岁游于泮，十五岁经纶满腹，好夜走，缘栖霞山径，每至夜寅方归。一夕，甫走二三里，觉有人音，遂循声而去，视前有二丽人，款步而行，乃速趋，丽人亦速，相去百二十步，秦自忖，某日好走，曷极力不致，复速几里，仍不达。二丽人且行且窃语，或颔首搔姿，或咥然无忌，或顾盼流波。秦觉可狎，但媚不可近，心怀抑郁，欸女郎止足，顾睇，以手招之，秦大怿怿，跨足驰临，二女意甚殊，待渠近，长佳曰：饿色馋相，途突艰苦，亦痴情也！秦曰：驰足聊寂，寒语向山，无弄风之人，亦寡然不快。长侧女曰：今宵可枕寂寥，去去如风，君可自如。秦问讯姓氏，女曰：仆花娘子，渠花娇。吾见清月高朗，更阑寂长，与娇妹蹑足缘途，不意相遭郎君。觉君非佻者，故止以待君，亦不负烛红银釭。乃吟一绝：栖霞会俊才，碧柳院亭栽。色透香风里，花须向日开。花娇谛听觉句有佻意，白阿姊：大姊不重，羞人面目。花娘子颜上绯色，背身而立，云：花娇妹，亦可一绝，娇云：铅华九紫装，月渺近西厢。最近花人面，明中月色长。阿姊抃掌，娇妹佳吟，必得郎君一和，方得锦花。秦乃吟曰：名花月下香，旷寂黯神伤。本自青山外，徒留漫谷香。吟讫，二丽泪坠满颊，郎君意人情怀，善通曲径，乃知己也！甚殊厚秦。

花娘子曰：秦郎妙得风雅，解人心曲，如不嫌鄙陋，可至蓬莱歇息，秦曰：诺！三人连肩而行，越一岿，过溪桥，径往茂林，入深则景境开豁，奇花异彩，香馥弥漫，有第隐出，履墀而入，则旷而幽，深而阒，未几至一小室，二丽延入，秦就几杌坐，女乃具酒馔，陈肴铺戴，野蕨芳果，一时情洽，花娘子乃作一首调笑令：花月，花月，作酒栖霞一阕，斟觞几遍休歇，云齐弄雨忘别，别忘，别忘，今夜难眠岭岗。吟毕，蹙眉凝眸，睇走棂外，幽思深闭。娇曰：何作闺阁思，仆亦作一调笑令以佐乐也；行乐，行乐，把酒交欢待客，帘钩未挑屏隔，香风戏弄碧荷，荷碧，荷碧，珠露滚落一滴。二丽调笑往来，秦斌亦舒快，不觉脱口得一调笑令：青草，青草，应时春生色耀，无缰驰骋逍遥，云游不恨宇高，高宇，高宇，天河今夜倾雨。三人通输意曲，夜阑更近，二丽挽秦登榻，解带眠宿，秦映带左右，二丽肤洁体香，欢洽非常。白曦既上，二丽亡失，视己卧一牡丹下，花色四围，娇艳流媚，知越宵相值，花妖也！心恋恋不忍离也，然丽人已杳，焉得觅也！

乃怅怅而归，家人咨其所踪，秦未白其故，后夜走，竟无所遇，且失音耗。秦阴怀望，期月形销，僵卧于榻，一夕，方叩怀殷切，二丽入，秦洗足迎迓。花娇曰：何如此惨淡，不成形也！花娘子曰：秦郎骨立，皆某之故。乃探袖中，出一丸，赤炎如椒，命秦口下之，未几，秦觉腹中有声夹杂，良久乃失，顿神爽精来，依然伟伟也。拥丽枕席，欢洽倍昔，秦诘之，何失音耗，花娘子曰：归洛，姨母寿，綦急往贺，耽枕时日，未相告也，令郎如此，愧惭失悦，冀郎莫究，继今，当夕夕来，郎莫出叩扰相烦样来。秦曰：恐蜜语不应心也！不辞而走，焉得追也！二丽颜笑嗤嗤。自是，果不虚夕，相悦甚悉，或吟咏，或樗蒲，或投壶，绸缪情胶，无类别也。如是哉二年余。

一日，日含半规，女已入，面有愁云，不似昔之娱腾，秦见之不欢，惊叩其故。花娘子曰：别有日也！栖霞北岭一藤怪，面黑如炭，觑吾姊妹姿容，欲私美之，吾二人力拒之，恐羸顿不御，故来白汝，秦曰：何谋取之。女曰：汝至北岭，觅一千岁古藤，虬筋暴突，黑泽似炭，缠捆老松危岩之上，汝去，见一黑蝶环绕，即是此怪，焚之，断其根，乃可，然凡火莫能伤其体，惟粉粒火之，则破，乃予一瓶粉付秦，粉赤色，嗅之微涩，秦乃收于身。

曙色已越，乃携长镵粉火，赴北岭，遍觅黑藤，日斜正阳，至岭外天，陡见一危岩，藤蔓上举，张牙舞爪，其侧立一老松，缠丝四围，藤筋钳束，一黑蝶翩然其上，秦心知其是，趋前，撒粉粒于上，须臾，藤蔓崩腾，似力脱，然松石岿然，岂可刻离，秦遽火之，立时烟崩，焰色怖人，闻隐有嗷嗷声，久不去，令人掩耳，廓不耐烦，日晡乃息。秦复以长镵掘根，断其脉，及底得一团团物，须须交叉，如笋裹衣，坚不可破，置囊中荷镵而回。启扃，甫就几而坐，丽人已入，谢秦割怖之恩。秦向女述其怖象，自囊中出团团，置几上，女大悦，此乃藤宝，世之罕能见。女乃执小月刃，断须，似剥笋，衣尽一光珠嵌其间，把玩光洁可爱，芒射盈室，不用火烛则明如昼，秦知非常物。女曰：非只一光也，亦为药宝也，外疾，以珠摩挲则好，内痛，以珠浸碗水，饮之则立止，其大妙神通，非汝了悟。

秦乃置酒延欢，爵盈满口，丽人微醺，花娘子曰：郎君高意，数世难报，吾实告汝，某花仙也，惟念永好，无相离也！然野丘旷寂，时惧祸害来，郎君若期永会，可辟后院，移吾姊妹入院谐也！吾红牡丹，妹紫海棠也！秦曰：诺！夕，二丽相伴寝，秦口香交涎，玉体相滑，绸缪无比。

翌日，秦辟荒后宅，园阔垄齐，乃往栖霞，移二丽于园，一宿，园中繁花簇簇，朵若星灿，香弥四野，里人咸来观瞻，来往如织。秦与二丽，夜则相亲，如是十载。

后有官阀世家赖，觊觎宅园，二丽与秦远徙洛阳，投诣姨，自是，不知所踪。

龙凡星

东海有龙凡星，世少见者，赤须黄目，无足，行而假水，龙宫有之，奇宝也！有尚林者，登舟南游，经蓬莱，忽风大急，浪若墙至，舟倾覆，林为浪所吞，昏寐随波，自觉身有物相托，欲语而力弱，任其四五里，止，醒已着岸，视一岛，乃登岛而行，岛中道行齐整，似人为之。林疑疑惑惑，抬首阔望，山岩岞峨，叠翠相铺，鸣鸟团翔，奇芳异果，林觉所到非人世。

战战栗栗，蹑足往前，至一溪，见数花点鹿，渴甚饮水，群戏碧草，团团作舞状，隐伏棄间以观，须臾，群化佳丽也，尚奇之，中有一素衣者，姿容艳丽，婀娜娉婷，尚目注神失，魄飞而去，暴而出，群美皆骇，奔而没，惟素衣者不去，尚近，拥而狎昵，女不甚拒，极承迎奉，扪其体光洁可人，大悦而腾奋之，女似不堪之，曰：汝大莽也，何野野生猴急相，言讫而咥然，尚曰：渠不礼行冲，请涵之。女曰：色本相，何叨叨若妇。起而整带束裳，咨其官阀，女曰：龙小女也！今日春阳，与园中絷鹿，相得游瞩，戏于碧溪，不期适值，天成凤缘。于是偕尚，同游龙宫，尚从之，至海，白浪铺滚，跌宕恣纵，尚骇而止，女曰：先狂胆相向，今懦而颓顿，两较不一，亦令人噬嫚，尚曰：阔状挟峰，见之胆裂，吓人如此，吾魂丢丢。女曰：勿惧，乃曳之而入，水顿分二，旷途延漫，行不远，即有车马来，遂揽辔而行，骀从其后，相趋而入。

　　至一闳门旷院，扇掉两分，阍人及数鬟，迎迓已久，见之，簇而前。尚视，宫楼峨峨，碧墙晶椽，檐角勾连，道乃金珠烁烁，珊瑚玉树，冰花四射。欸宫门大开，女驰而入，未几，殿金钺鼓震，音缘梁穿，尚怯而停目，有一峨冠美玉者，蟒袍紫带，飞逸轻捷。尚倒身仆地，叩首见王，王乃扶起，曰：大恩没齿，今得来，聊表殷勤。尚一时闷惑，王何待如此，令仆不安，王曰：尝记耀龙潭否？

　　尚十岁时，尝在耀龙潭侧岩罅，见一蛇背着矢，悯而拔之，归以疮药敷其患，旬月，背复瘥，释之潭滨，蛇昂首三叩，似谢尚，立窜入水。以故时悠，渐忘兹事。今甫知，曩所拯乃龙王也。

　　尚诘王，何故至耀龙潭。王曰：耀龙潭乃小儿居所，儿生子百日，要至此，行酒致醒，登岸履怀，为流矢所伤，幸值尔，否则，必毙于此。君恩一直耿怀，冀一报尔，今君临庭，可舒肺腑，若不嫌拙，小女霁霓，可奉箕帚。尚长跽而谢。王乃呼女出，二人意通神会，女颔首应承，王悦，令上下备具别院，为女完婚，一时，声沸昂昂，置酒款洽，钲鼓填耳，优伶曼妙，酒雾腾腾，深寅方止。尚与女，深幔春浓，女极婉承，情娇一体。翌日，拜岳问安，岳乃令其偕女，纵游四海，启舟泛水，临窗眺色，逶迤葱山，蒙蒙水气，尚忻然慨叹，人世何得如此，自然之妙哉，何能竞得。一夕，维舟南海，月悬蟾宫，尚与霁霓，坐闲，一赤须黄目物入，女见之大悦，谓尚曰：此乃东海之宝者，龙凡星是也！何至此。尚讶异，尝闻龙凡星，今见之，果不谬。女咨所由，龙凡星曰：龙宫寂寂，无人问询，公主游历，吾大漠漠，潜从其后，故至此。复拜尚，尚曰：君以何宝。女曰：此物能吐丹珠，服之，可长生，亦能俾物不腐，此非宝者。乃令龙凡星，吐数丹珠，叫尚服之，服已，顿觉气若麝香，六腑皆通彻，力盈满骨。女曰：尚郎，长生也！

　　后尚偕霁霓归，数百年状如童子，老者去也，复老去，尚如是前状，霁霓尝语于长俦，息乃泄，人皆歆之，然莫能得龙凡星。今是否犹存，不得而知。

瓜上花

　　莱芜民姜云旭，喜瓜，田遍种瓜，一日，炎炎火闷，渴甚，乃趋菜园，欲断蒂取西瓜，目四游，见南垄，有硕瓜，碧而圆，奔取之，近，则见瓜上，生蔓，蔓上竟开一牡丹，讶异不已，以为异类。抱而归，以老拳奋裂，开一小人卧其中，约拳大，红裳着身，眉目俱应，腾跃几上，翩然作舞，舞毕，咨姜"舞戏作何？姜云大妙好，遂私之，作开心物，时把玩之，小人不食，惟饮杯水而已。久之，姜生厌色，小人洞其意，乃制新曲，曰：《娇娆春芳曲》，曲恻婉媚，哀凄艳丽，非所见也！姜大悦，时偕之市井，令其作舞曲，观者无不诧异，咸谓之曰：瓜女。

　　瓜女随姜五载，姜以其舞技，竞得小裕，一日，方寝，闻瓜女曰：与君将别也！姜悚起，诘其故，女曰：吾乃关圣帝君妇之媵侍，因误毙小花犬，帝恚，谪为君之玩物，五载当归。姜苦挽之，泪坠颊痕，瓜女亦不舍，然帝命綦急，何敢滞也！

　　翌日，女失所踪。姜亦失所乐，悒怏气结，不畅塞阻，半载竟殂谢而去，瘗埋日，瓜女麻服悼痛，人咸见之，营葬既，女瞥目而渺，遂不复见。

太岁

王成德，辽郡人，居长安镇，业农，年约四十二、三，性温善，耿介。一夕，梦一黄衣人来，谓己曰：家可大得快意，可裕而离困也！言讫，自院侧小扉而出，王觉奇，遂尾缀之，黄衣者入山，缘径而行，至一蓬蒿处，欻莽出，围巨首硕，信燃晃晃，欲图王。王反遁而瘩，汗浃茵席，起而悚惧，不知朕兆福祸。

翌日，与家人言梦之幻，家以吉语敷衍。饭食讫，乃荷具下田，过山径，王甚异之，觉途似梦所见，复前数武，则蓬蒿漫道，王以具拨蒿，具触一物，觉软而腻滑，肉色鲜洁，文理明畅，不知何物，以足踢之，觉非有用物。

王以急于田塍故，置物而去，归而思之，觉所见似祖所云太岁，乃奔而取之，以囊背归，置案上，细审之，尤觉状类，适有识太岁者，观之，大讶，汝得天宝，太岁自出，必宝得之者，求之，则以币万货之而去。

后，息播千里，购者堵泄，皆以币万值售，于是，家得小阜，乃止售。方悟梦黄衣人者，太岁也。王是以知非凡物，以此，日食其少，两载，竟体健如壮，色若童子，百岁而不衰，奇物如此，人焉能为。

王非然

富阳有王非然者，为杭州守，刚愎倨慢，喜人诡媚，凡逢迎己者，或拔擢，或丰利，故诡媚附炎从之者如流，王以此志得意满，傲态渐锋，谈厉苛严，人皆诺诺，莫敢逆者，倘有爽者，则眦裂须竖，贬黜他处。故有人阴谓之：诡耳守。

一日，王额生赘疣，赤泽鲜明，群小见之，莫敢造次，揣言好言坏否？后众权，觉好诡岂可言坏，见之则曰：王政斐然，骤生官痣，佳不可言，贵不可滞。王大悦，亦以为志显于额，当鸿鹄高翔，自是，愈觉非凡，固执尤甚，目不视实，耳纳伪声。半载，赘疣赤而易绿，有诡趋者贺，王曰：何可嘉贺，应曰：痣绿，乃树茂之状，朕擢升之象，王喜，赍外出旬，公资而自游，期年，赘疣色易为黑，王以为不吉，而诸公以为黑乃财也！君当财雄，王曰：先未其验，今恐亦镜中花而已，诸公曰：此非也，财必发也！是年，诡媚踵足者盈门，皆送金，仓皁充实，王以为皆赘疣之福泽，傲火顿燃，言必昂首，倨气鼎沸，越年七月，赘疣欻渗水，黑而臭，近者无不掩鼻，王知非好物，乃就医，医曰：此物大害处，以至脑心，无可救也！王泣，伏地叩首，央浼拯之，医曰：惟一法可试之，然示丑于人，恐君难承，王曰：无有不承。医曰：当得削双耳，赤裸而活也，自此不得出也！

王色陡易，哀楚戚戚，为苟生而断双耳，裸活而终生，悲乎！此，王方了悟，受诡之深害，毒由此生，日蓄而不归，以至晚况羞煞人也！王卒，赘疣竟复，不亦奇哉！

俞石灵

陇有俞石灵者，年十九，性善，悯鸟兽，有猎摄者，渠呵斥之，劝其藏弓收铳，勿相害也，倘其志坚，则诟詈之，猎者多畏之，故避而犯其事。俞知之必执梃伐，人皆厌之，以为好事者，皆不与计较。有富者子，驺从数人，猎于林，林鸟翔集，富持铳轰，羽坠满地，横陈东西，载丰而归，途适俞，俞执梃相向，富唆驺从数，皆执梏力伐，挞楚甚急，俞抱首，片时仆地，气若游丝。富率众而去。有邻人见之，舁于家中，他人皆怨恨，然富者焉能相礼于贫，悯无他法，叹叼而去。是夜，俞筋痛骨裂，嚬呻不已。忽有丽人立榻前，视之，乃十五殊丽也，艳娇射人，媚态无匹，俞曰：何家女郎，来视惨切人，女曰：吾狐也！名曰：阿喜，今来报瘗皮之恩。郎君当记否，木亭桥之事。俞忆起囊日，步于木亭桥，于桥面见一狐为车碾压，肉骨全无，仅存一皮贴地，心哀悯，遂将皮瘗之树下，冀与木并生，魂归厚土也！喜曰：君怀仁厚重，无以为报，今知其为恶者所挞苦，特来药之，乃出一大丹丸，冰色透彻，扪于肤，所到则痛止，半炊体恢如初。女恋之不去，登榻入怀，俞大悦之，替解衣带，吻洽延津，妙好款意。晓色盈窗，乃起而去，俞出视，已渺。日晡，复来，如是二载余，后，俞从狐而去，彼时，白鸟翔集，引吭嘹歌，里人咸见之，有一鹭直入富室，叼其二目去，夜，富殁，驺从数人，皆折一臂。里人颂其事，立鸟神祠，以记之。

董永

孝感董永，孝而诚，有帝之小女，知其德，潜下殿峨，妻之，从去为奴，以一宵百娟，而短三载苦。不隶乃归，途值帝招女，时女已孕，遗书树下，白越年送子，永视女冉冉而去，心忉恨而归，至冷窑，千欢皆失，孤对寒壁，乃责曰：仆为帝婿，女已妊，何苦相逼，令其夭壤，枉为天之宰。言讫，泪坠纷然。甫冥思间，女从外入，永骤起迎迓，女曰：郎君念叨，妾意不过，乃请亲宥，帝准，允余与汝会，脱苦厄，永望苍而拜白，帝悯吾，令相合，感激涕淋。自是与女生活，永耕女织，乐哉悠然，是年产一男，取名：董年，里中皆仰慕之。

年四月，华芳灿然，桃焰灼灼，香布六合，永出，途经槐荫树，见一女徘徊其下，绝类帝之女，永前视，果妻也！永大怖，此妻也，家者何？乃咨女，汝何在此，女闷惑，吾汝妻也，约为春送子，子名曰：董槐，今予，何叨闷心之语，令人哀怀。永曰：汝织仆耕，已一载余，且得一子，七女惊骇，乃从永归，见七女来，女欲遁，七女曳之，共鞠之，女云，吾王母伺女，名曰：云琼，王母悯女，亦怀仁，遣予替女，为永妻，以绝思郁。永乃知，共枕之人，替者也！今相大白。七女闻讫，嚎涕不已，方知母心柔深切，疼女不显。屈云琼，乃谢云琼，琼摇手，勿然，勿然，吾不以为屈，董郎勤实，吾心已在彼，不相离也！七女感其贤，谓之曰：既替辄永代之，仆之子亦托也，吾片息不能存留，父令予即反，否则殃董郎。琼曰：阿姊，请宽心，勿叨怀若此，琼必竭力。七女曰：寒窑陋瘠，不可当家，吾为汝谋之，七日后，吾遣土地，槐荫树下送金，汝可掘得而裕，生不相累也！言讫，飞空而去，永与女拜别。

七日，琼乃往槐荫树，掘地果得千金，乃置宅办地，门楼高宇，繁木杂花，永以贸娟为业，一时财雄匹于孝感。琼乃督二子书，授《尚书》、《论语》、《大学》、《中庸》等。董年，董槐皆韶美秀洁，丰伟不凡，聪慧异常，所学辄通，二子才噪，长入秋闱，皆捷足登第，董槐官至相，董年官至御史，永与琼得二子之福。

永百岁，一夕梦七女来，云，渠列仙籍，帝允与女会合，琼亦反。翌日，董永殁，琼与二子具殓毕，亦失所在。后二子亦梦会于父母。

永之事不息，今为之续，复传后世也！

黄蓓

黄蓓者，邵阳人也，女，年十五六，细眉清貌，丽而善。见花委鸟亡，则哀凄不已，尝葬花瘗鸟，为文以悼之。飞飞翩翩，鸣鸣连连，越木而轻捷，过岭而无喧。食虫饱腹，饮水解舌，于草窠中戏斗，介叶杪间盘旋，心怀远翔，梦想大志，得轻身而快，获滑羽而恬。一世无求，殁归自然，今以文悼，留作纪念。

以此，蓓每行，道必有鸟相候，鸣声上下，噪音啾啾，若迎迓之趣。故蓓愈厚待鸟。

一日，驱车往乡，滞于阿妹家，饭讫，欲归，有一鸟伏车阴，促之不去，捉之在手，则欢腾鼓翼，乐不自胜。黄视之，俊鸟也！蜡黄短喙，乌亮羽翼，腹白二点。蓓喜，以指低枝，鸟腾挪轻捷，展翼不去。蓓乃将之置车内，载而归，至市捉之出，则一飞而去。蓓始知，鸟迷道而不知归，冀仆载而回，鸟灵异者也！

越年，蓓往浙游瞻，行于小孤山，有一少年跨骑来，邀蓓至家，蓓欣然而往，途中蓓咨少年，少年云：阿母请，别无所云。蓓愈惑，孰要吾，何故要生人。行约七八里，见一宅阔大，前数株大槐，华灿簇簇，百鸟鼓噪，起落翔飞，宅前场央，有双凤凰昂首向碧，侧有一鼎，香头烟袅，蓓心顿宁，不知所及何处。少年下乘，疾步叩环，俄顷，一老阍启关，少年驰入，无何，弦乐聒耳，少年前，一媪后，众鬟从。蓓讶异，乃前拜，媪挽而起，曰：尝记黄鸟乎！吾刻铭恩，非汝，则老倒田间也！蓓顿知，媪黄鸟也！

　　蓓似稔久，觉昨事如今，慨然恍惚，乃拥而泪坠，媪亦珠落，相挽而行，入室，令人置酒，一时磨刀霍霍，砧案咚咚，鬟梭往来。蓓视席上，皆人世所无，香盈鼻息，色绕目光，媪首座，少年佐席，媪复呼一女出，女与蓓相齿，绿羽衣，乌螺发，貌倾盖国，色艳无匹，蓓见之，潜念自陋。媪曰：此乃小女，名曰：吟潇。蓓礼见之。潇与蓓比肩而坐。媪大喜，真双美也！乃举爵邀饮，觥筹交错，玉液入喉，酒至三巡。媪停睇蓓，指侧少年，吾子，啾鸣，今十七，未偶，汝可愿作室中人。蓓歘面赤如椒，低首思忖，虽谋面浅浅，然心已属啾也！微颔。媪大悦，潇亦见礼。更深，方罢，少年乃拥蓓入室，蓓觉少年温宽，乃从榻而寝，欢愉绵绵。翌日，早有鬟相伺，自此，蓓与少年跨骑游山，脱尘而忘俗世，后蓓亦成仙。

鸭先知

晋民邱良忠，为煤佣，一日晨，欲别妻往煤窑，家一黑鸭以喙夹衣曳止，邱不了何意，谓妻曰：黑鸭今留客也！妻亦曰：黑鸭戏戏，莫生爱意乎！二人共噱。黑鸭振翼，腾腾跃跃，似恚，曰：汝莫去，去则祸也！邱大骇。乃止。

日坠山阴，有凶耗来，今入煤窑十余人，以窑崩塌，无一生也！惟邱幸免。虽鸭，乃先知也！邱厚礼之。自是，邱每事辄卜于鸭，而每灵验。邱自得小阜。

约十载余，邱欲外，鸭曰：此不可，有鬼鬼头俟尔。而吾亦离也！邱綮急，鸭曰：与君夙愿了，当得钱庄林子兴门。言毕忽失。后知是日，有一李姓人，为狮所啮。至钱庄访果有林子兴，鸭亦在也！邱讶异不已，然定数如此，人莫能易，后林子兴亦浴也！

吻

鹅

邓明者，粤人氏也，其家畜牡牝鹅，少既友，情甚缱绻，日影不离，牡时从牝后，偶适犬欺，牡必凶然相搏，犬骇惧而走，牝则依依展翼拥牡抃舞，共贺敌怯，然后至陂牝临水理羽，似妆，而牡则立其侧，停睇安视之，或以喙曳柳叶置其顶，以物饰其美，意甚舒怡，牝则晶眸顾牡，相对咯咯，入水而戏，逐水腾波，翩翩作文中舞，惫惫则相眠卧柳下。日轮半衔，辄蹀躞双归，若夫妻荷田归宅。如是，三载。

一夕，牝惨切欲绝，谓牡曰：某欲与汝离也！牡咨其故，云，仆方过主人侧，男主曰：欲缚吾赘李家，以供家祭之品，吾命已已，离在今夕。牝言讫，目泪珠坠，牡亦悒怀愤累，昂首悲鸣，欲相仇于主，然思忖力必不能胜，乃相叹至白曦。

翌日，主果缚牝，载之将去，牡綦出其后，至车前，以喙吻牝，神情哀婉，谓牝曰：矢亡亦不弃，汝去，吾即随也！牝曰：冥相候也！两者凄然而别。主载之至李家，即为李所屠，牝恍惚中，不知已死，疾奔邓家，途半，见牡亦疾奔而来，相偎泣而喜，问之故，牡曰：汝载去，为女主曳回，立屠。甫叨嗑间，有骑驰闪近，一鬼使持牒来，令促行，遂延引二者去，行百武，见一城廓峨立，楼宇栉比，琉璃耀目。入城，复行数武，至一殿，上一峨冠黑须，着团龙衣者，威严端坐。二者跪伏，峨冠者曰：吾阎王也，天帝以汝生死不弃，感其诚，悯其情，令吾厚待，吾代为冰伐，使为夫妻，可愿否！二长跽谢。王乃令一红衣者，着二者裳，衣已，则俊生靓女，生魁伟丰茂，女秀洁无匹，王即置宅令其居，且为之婚礼，一时彩笼烁烁，鼓乐聒耳，喧钲跌宕，优伶翩然，金瓯交错，更寅方罢！二人合卺礼成。至此，相敬情洽，后阎令其转世，亦成二世夫妻。

憨憨和豆豆

太原刘生，性敦善，业医，喜畜小犬，尝豢二犬，一名曰：憨憨，一名曰：豆豆。憨憨体弱，豆豆身壮。二犬素好，时戏室中，憨憨伏豆豆背，行于生前，生以二犬乐。

生每遑辄牵二犬步于道，二犬相左右，其况俨若护卫。一日，方出，有大犬奔袭于生，生惧旋走，二犬腾跃共御之，大犬不敌而走。自是，生厚遇之。

生有妻左氏，悍甚，尤厌二犬，时挞楚，二犬不堪其苦，哀嚎乱窜。生屡劝之，左亦作耳边之风，生无奈，任由之，二犬屡遭刑。生悯其苦，乃作长远谋，先将豆豆予远朋，择日以车载去。豆豆知生意，色含欣悦，然忧憨憨，去则好好，留则苦苦。豆豆以双爪抱憨憨首，四目噙珠，双舌对交，噎噎而泣，不忍作死别。生亦失怀，意极哀悒，不舍其去。

然行在即，不可作妇人心，乃强抱豆豆置车内，憨憨亦从之而出，于车窗出作别，憨憨外，豆豆内，吻而别。自豆豆去，憨憨孤而少欢。矧左氏凶甚，虐挞至极，憨憨病病已，旬月而殒。

一夕，左氏甫寝，一犬奔突而入，登榻龁其首，断其喉，乃去。生视之，豆豆也！追之而出，已渺。

后刘生行于山中，为狼群所逐，生抛履狂窜，气力奄奄际，歘一犬跃岭过木，转息及至，长嗷数声，群狼皆伏地，犬逐批其额，刻时坟起，无敢忤者，犬复以爪作挥状，群皆散去。刘息恐定眸，乃豆豆也！疾呼，豆豆亦敦顺而来，曳服俾生起，生以颊抚其顶，意态亲洽，咨所从来，豆豆曰：吾在汝友家，汝朋亦不大善，时以拳击仆首，吾痛而出，窜山间，为一仙翁留，翁言吾有仙缘，故随之学道，今已成也！曷不随仆修道也！刘曰：诺。乃从之去，学道于天门山，后成为地仙。

裘大壮

皖裘大壮，年及四十，以家窭贫，故无偶。人咸忧之，然壮心不萦急。操业谋生，素不搁心。一夕，道适一蛇僵卧，奄奄待毙，壮悯之，盛囊以归，置榻上，视之，首有破伤，血痕未干，乃鬻家传之金钗，购药敷之，十日，伤瘥，蛇展蜿游，瞥目一绝美立于前，壮骇而喜，女颔首拜谢。致意壮登榻，女和衣依壮而眠，壮欲图之快意，女曰：仆弱不堪孟浪，待日任郎君所为。息烛寝，壮咨何故伤。女曰：为东邻小狂所伤，若非君悯，恐已殁也！

壮曰：幸无大碍，今已胥痊，汝将何去？女曰：双亲以被小狂棓杀，吾必仇之，报切齿也！

郎不嫌陋，姑纳之，言讫，嘤嘤而泣。壮亦神伤，慰之曰：去则去也，勿悲怀郁体，吾愿诚待汝。女伏怀噎噎。

晓，女已起，洒扫执炊，庭宅焕然，壮盥洗毕，飧粥佳肴，已陈案桌，相话啖饭。壮感其贤，愈敬之，待以妻礼，女亦劬勤，治生产，办田宅，起闳院，三载，竟裕于乡里，一时为里人羡誉。

一午，女置酒，与壮饮，席间，谓壮，吾怀君义，已报三载，然吾不共之仇未雪，心不安稳，今欲辞而雪仇，雪耻后，复来相会。壮曰：汝能敌乎！仆相助，何如？女曰：无需，吾潜谋已久，三载才相仇，俾小狂懈也！壮服其智。

是夜，女失，曦白乃反，谓壮曰：小狂已戮，飞恨已消。翌日，闻东邻小儿，面黑如炭，毒发而亡。壮才知小狂，乃东邻方家子，曩杀二蛇，乃女之双亲也！子虽殁，而家人浑不晓何故，壮亦隐而未言，否则，必兵相仇，吾与女皆受苦楚。然日夕相见，心惴惴恐甚，乃与女，谋徙别地，女无他言。乃徙于陕，壮曰：千里何能至。女曰：勿愁，把盏可至，出一紫巾，移楼宇于上，复令壮坐其上，壮讶异，瞳放疑芒。女曰：起，巾即起而腾，壮觉目帘下合，甫，闭目间，女曰：至也！壮视之，邸宅连亘，胜貌尤曩，背青山，侧溪泉，佳木杂花，鸟转宇翔，乃佳美之地也！女吾为此良谋已久，今得来此风水处，汝有子当得将。转得门前，欻二虎奔至，壮骇，女曰：勿大惊扰，乃守门者也！二虎蹲式二侧，化为石，俨然将府。斯年，举一男，名曰：裘龙。生时，空霆乍暴，憾岳动岭，一龙舞摆，入宅乃没，片息，雷霆止怒，风清月朗。龙十七岁，刚猛豪健，力大无穷，秋入场较试，无有敌者，被为冠军，铨选为将，女言果不谬，壮百岁寿寝，女亦如是。陕有裘者，即裘后裔。

二

娇

全意，阜宁人，家稍有，喜花，芳香满庭，遑暇辄遍览之，或裁枝，或溉水，颇悦海棠，移之于室，日夕相爱恋，久之，竟魂失于海棠，一日不见，宛若三秋，寝则置于榻畔，寤则目注，惟恐视空。家人咸知之，皆戏谑之，以为痴，意不以为然，志坚不移，反倍爱之，其家任由之，意勤待之，时以语对温婉之，无敢惰辍，盛灿满室，而有二色妖于顶，萼托硕瓣，殊于他色，意喜而私之，谓之曰：汝乃吾而夫人也，共居一所，吾大歆然，天下孰能安有此！

一夕，方寐，昏晦中有二影徘徊，至榻前，凝眸停睇，一云此吾郎君也！睡相潦倒，毫不风雅，如犬卧眠，言讫，并噱，一云酣沉若此，岑寂无趣，无相玩逸。意伪寐，觇望之，二影即二佳丽，艳娇无匹，心悦魄动，乃察之下行，一女自乌鬓间，举手拔发，长丝在手，触意息孔，意痒难抑，嚏响若雷，女笑而失，意复寐，女复出，如是者三，一女曰：酣态死状，何如此不快人意，待寐，一女伏面，以舌触唇，意顿觉兰麝袭人，神魂摇荡，双手相合而来，女曰：郎有狎意也！意开目，则室空无迹，惟见棠花微动。至曙，不复来。

昼起操业，神不得聚，犹兰香鼻息前，绕之不去，心悬想之切，向谁表白，惟冀日綦急下山，立而西眺，则日在半穹，云路渺渺，霞飞点点，复视远廓遥迢，自语今夕能见乎！

日卒坠地，乃归，至室，忘饭食，痴冥想，寅时，触望失落，卧榻而眠，甫合眸，二娇复出，一女曰：郎望魂丢也！一女曰：不忍负郎意。于是登榻，就枕并眠，意视，二美已自解带宽衣，意甚狎昵。女谓曰：感君厚待，诚相呵护，实乃告君，吾非人，乃室中之海棠也！吾海月，渠海云，君义齐天，故姊妹自荐枕席。意曰：仆素以为二海棠乃二夫人，今果得愿，吾情得报也！二娇亦大欣然。自此，昼隐匿，夜出狎，情渐缱绻。海月时劝意，奋读以搏功名，海云则以为富贵功名，若烟尘也，不取也罢，取则徒伤怀抱。意曰：二夫人理皆实，吾兼而有之，子夏曰：仕而优则学，学而优则仕。吾以为仕而失则学，吾当力学以进，不进则恬淡山野。二美以为智。遂竭力助学，意才学剧进，越年，入场，文思叠澜，华章锦绣，擢第为溧阳守，偕二娇赴任。任后，初思修身，为政以民，政声赫赫，倨傲之气渐有，海月姊妹金谓戒倨，而意敷衍之，二娇屡劝止，意冥顽不化，渐有厌心，二娇知之，乃请辞，全不得意，而二娇志坚，出门遂渺。

二娇离后，意行为恣肆，蒙冤遭侮者夥，一时，道侧詈骂，群塞衙邸，声绩败坏，不知何故，达于廷，遂黜陟。忖自所行，今果不谐，难归江东。税一乘，往西而去，数日而至一山，见山石高巇，巅危入云，连亘逶迤，意欸心有所动，放骑入山，初隘渐阔，而色益浓，翠条交合，裸石渐隐，鸟喧翼开，芳香陈杂，气色佳佳。往深，有一径盘曲而上，意缘径趋步，无何，隐约有人声，村墟坐落，有一闳第，突兀而出，宅围遍海棠，叶叶迎风，株株婀娜，意视海棠，忽綦念海月姊妹，泪噎哽塞，神情惨怵。不觉就第，叩环息渴，一老阍，以瓢水予之，意豪饮，冀复瓢，阍去，易一鬓来，鬓十四五，青衣乌螺，问何所来？意云过路人而已，鬓笑云，恐黜落者也！意眉锁不舒，面椒似火，问以何知，鬟曰：吾家主延请，意咨，家主者谁何？
鬟曰：见即知也。乃从鬟去，百步余，入一扇门，门楣字云：
海云轩，意蹀躞前进，辄花苑，东芳中，一亭峭立，有二女对
弈，众鬟伺立。意觇之，则海月海云也！意停履不前，二娇已
知之，谓曰：郎何故不前。意曰：落拓之人，无颜见二夫人也！
海月海云离座，迎迓，全郎今得脱也！可贺之。

　　乃令置酒，众鬟穿梭，刻时，菽肉鹿脯，羹花莹莹，佳果
米浆，陈满案几。席间，意感人世无常，心欲祸大。海月曰：
为官极为恶，为官即有倨，无一可漏。海云曰：此乃人之性，
官者，尘俗深也，久游宦海，辄病病耶，今郎君黜陟，亦为福
也！意曰：迷津者，受二夫人指点，目明心快，方解"久困樊
笼里，复得返自然"句。海月云，老子曰：人法地，地法天，
天法道，道法自然，人卒返归，不见可欲，心何生鬼魅也！今
郎君了然心静，嘉祥也！意曰：昏昏大醒，吾将栖心道门。海
云曰：妙好哉，持爵邀酒。意爽然倾尽。漏尽方罢，是夜，花
柳并眠，情洽尤浓。翌日，共往西山游瞩，至火云山，见云霞
翔绕，风挺松柏，又见空谷鹤影，山横浮。月曰：此处大好，
仙道可得也！乃与山巅，斫木斩荆，建火云宫，二载竣业，举
宅徙火云宫，自此，研习道法，后登天而去。

小恋

孔鲵，鲁人，年十七，出游，过隐峰山，有旷处，草茂丰肥，见二狡迎斗，甚猛利，孔趋前，二狡骇而走，遗金钗一枚，掌拾视，有字云小恋，盛囊而反。

归，出示父母，母曰：此女物，何得之。孔具述始末，父曰：得阴物，恐祸及身。孔曰：阿翁何言骇人语，栗栗人心。乃背面而去。

入室，出钗细觇，目字小恋，而口漫语之。登榻揣钗而眠。甫就枕，有一鬟人，曳而走，孔止步，责云，何扰搅清梦，欲往何所。鬟曰：汝得钗否？孔曰：于隐峰山偶获之。鬟曰：此，吾小姐物，今令吾要郎君。孔从之，缀行十里许，至一巨第，连亘阔阆，间不啻王都。阍者启关，鬟驰而入，无何，一丽者盛服出，明珰摇摇，青丝盖肩，明眸惠转，袅娜聘婷，孔疑非人。女曰：郎君所获钗，乃吾饰物，旧岁游春，失之久，钗非贵，然是祖遗，片息不离，失之尝心甚悒悒，矢曰有获得者，妻之。前鬟偶过隐峰山，见二狡斗，为钗所争，恐一狡得，谬煞青春，萦急间，君至而得之，幸哉，亦有凤缘。孔曰：汝天人，何敢摄得，见容大得方好，安敢望蜀也！鬟曰：若食梅，酸迂，令人闷闷，心有灵犀，何怯怯如夫人。女曰：露盈，何向向袭人，全无雅相，孔始知鬟名露盈。乃具酒馔，佳美丰盛，味涎津甘，话酒聊月，方知女年十五，名小恋，非人实狐也！

冀君勿以异物相摈也。孔未觉有殊，反极悦之。夜阑，并枕而眠。曦白，女急起，何酣如此，几忘光白，呼孔，孔醒，四望寂静，惟启明东悬，已见行人频出于道，视己则卧危松下。整束而驰道，归，复念小恋，然耗杳，萦思不已，几崩真神。母见之，咨其故，孔坚闭不言，母曰：吾虽未知儿苦，但儿如此形销，作母心锥，汝可履山泛舟，阔情舒目。孔觉母言合意，乃置装往宁，驰数日，至金陵，寓一败寺，是夜，风贯窗棂，瓦隙漏白，惫极登榻就枕，甫合目，闻履声自远而迩，至弊扉，徘徊不去，孔颤颤伏衾下，久之，阒然，乃敢揭衾而起，穴窗而窥，惟夜色沉沉，乌栖南松。复登榻，股栗天晓。启关；则有僧侣请除，问越夜，所闻履声否？皆云，安席，未闻。

孔入东门，有一幡然僧，袒肩箕踞廊下，见孔，姑招以手，曰：汝大不快，失魄已久，幸遇吾，不然则将饮黄泉。孔怖，诘其故，僧曰：汝识小恋乎！小恋狐也！孔讶异，尔何知之，僧曰：小恋灵狐也！汝为之痴，魄已去也！今吾为汝求之。令孔伏地，甫首及地化为狡，僧嚎，曳而去，孔知诈，然不由己念，从之去，三日，至一所，茅檐低小，土壁短垣，僧径入，内出杂遝数狡，孔知前隐峰山之狡也！僧曰：小恋固仆妻，为小狂占，吾以术使化狡，为吾侪驱使，众咆吼腾腾，或掐耳，或蹄腹，或棓击，孔体渐弱，初辨尤急，渐迷失知。欻有盆冷倾首，栗而醒，观之，见一狡高坐，细端，则前夕隐峰山之狡。狡曰：汝识否？孔曰：似稔，然何祸于吾。狡曰：汝知小恋乎！小恋吾宝，然汝捷足先登，吾阴怀切齿，令他狡化僧缚汝而来，今快也！复使役掣孔于后室，合扉上锁而去。鲵置黑围，心甚恐，甫惧间，闻声驰来，启关而入，视之乃小恋也！恋曰：郎君勿燥，某当为脱厄，以手摩其顶，须臾，狡化为孔，二者相接泪坠，互道间阔，恋曰：处不可叙，当移之，挽孔出，手于囊出一卫，不及二寸，瞬息壮成，双乘驰远，孔战栗合目，惟闻风贴面急速，不知所行远近，略目，乘已缓，至阔宅止，停辔及地，女按卫脊，复二寸许，手囊毕，乃延而入，有数鬟迎迓，皆赤裳，丽而雅。入一小室，玲珑不可言妙，治酒盛宴，尽叙契阔，女曰：自离后，有恶侵凌，遂拔宅徙龟山，孔乃知地龟山，不意郎君至此，为狡所祸，吾祖母卜，方得耗息，否则恐久间难面，孔亦忉心，俟汝不至，几失命哉！不出游，焉得见哉乎！是夜，极尽承欢，于飞甚乐。翌日，祖母见之，喜，赍一小云车，女大欣然，谓孔曰：汝得祖优厚，以小云车予之，何厚待汝，而薄仆。祖笑云，孔即汝，汝即孔，何分之有，女奔依祖，情致温婉。归小室，孔曰：云车何能？女曰：可御风而行，乘气而飞。然其小，安能置身，女即拍毂以手，瞥目巨车，二人登车，四毂云起，凌空而行，孔甚讶，此宝也！可登峰巅而眺，可瞰江海之势，可游瞩秀美佳地。身何其快，心何其逍。自是，乐哉悠然，不跋尘寰，后皆位列仙籍。

于

婉

于婉者，抚州人，业卉，宅后旷广，遍植花，类夥繁杂，有气象，时移席其中，目花盛萼，闻香沁肺。

一夕，有青衣女来，年约十九，风姿万丽，眸蕴千媚，婉大悦之，曳袖就榻，女不甚拒，益纵，抱而接唇，女御之弗许，婉悍而强，女曰：何暴如匪，令人生厌，本当风雅，使人觖望，婉自觉失性，乃轻摩其面，女稍霁颜，从之，登榻伏枕，极尽绸缪，情甚缱绻。晓而出，瞥目而逝。

婉觉非人，然心悦之，夜复来，两相欢洽。婉咨姓氏，女曰：吾花妖也，名曰花娘，缘君嗜花，特来奉承。自是夕夕不虚。婉五十，犹壮丁，盖花精所致。花娘常掬花之露，贮于瓮，令婉饮之，其若琼浆，每饮之，则案头焚香，对天禳祷，香渐浓周，气清目怡。

闲时，花娘则与婉置酒行令，蹀躞花间，乐语诙言，不胜喜悦。一日，甫席地，有一小狐过，径卧婉侧，鼻赤焰渗珠，细端，白如雪，婉轻抚之，花娘曰：小妮子窃酒，至于醉木，态相局促，使人厌生。婉始知，小狐，与花娘子稔熟。愈爱恋之，花娘子微哂不语，抱而起，入室久待，火烛甫醒。乃一绝美，秀目含情，乌丝斜堆，韶韵妖采。婉视之，神魄顿失，花娘子见之，郎君易爱，色相凶然，令人羞恚。婉自知其失雅，赧面而坐。

　　小狐趋花娘子前，敛衽道福，咨所往事，花娘述其况。小狐聆讫，谓曰：酒醒如此，阿姊勿相怪也！请从此别，言毕，启关而出，婉出，则已遁迹行渺。是夜，婉反侧难眠，心恋恋小狐之貌，与花娘子不谐，娘子怪其淡，已知婉意，云，郎君二三其德，妾今别也！翌日，花娘果失。婉阴悦，花娘走，吾可得狐也！然狐去无息，焉寻，思之若三，纷乱无绪，萎靡不食，冀与小狐会，綦切空望，心意渐灰，一夕，有友来诣，见之，形销骨立，亟咨何以？于曰：念望若此，怀止佳貌，神思去魄。友曰：顿魄即失，何丽俾神暗。于曰：仆见小狐，魄已失也！友曰：安席于家，何得会，奔突觅迹，是可济怀。于曰：诺。乃置装向西，行一日，足肿体疲，浃背趔趄，环顾四围，暮涌云聚，山罡渐起，透骨彻寒，齿颤股栗，遂倚一石颓息，闭目回力，沉酣入梦。有一小斑犬，前导而去，于随之，过儿树，达一阁，于闻阁中语声喧扬，止足，小斑犬入，俄而，阁扉大开，佳丽数几，偕笑而出，于骇异，旋反，未足，女已至，簇而入，暖席已就，狎昵难抑，于心知其媚，然不由身，纵逸不疲，越宿复乐复淫，渐怯，意知中术，力脱欲走，然足软如丝，綦急不已，有一佳丽推扉而入，众见之，哄散而去。婉见，乃花娘子。花娘子曰：幸得偶过，否则郎君命休也！所谐群妖，皆蛇蝎之辈，三五日，汝即赴黄泉也！然汝薄情，又为小狐，伤忉人心也！小狐已为女娲缚于五峰山，汝之，祸至也！速归，遂以刃相向。婉骇而醒，乃一梦也！思忖，去之，必无果，乃反。

　　归家，见门庭萧瑟，花色全无，里人无一可识，问之，已过百年，方知世事易换无常，乃驰五峰山，入山不知所踪。

玄青九十九章

引　篇

　　道表天地有圣知而知命，知命以世之则，弗偏而曲折，人性之然，为而安其道，道言无功而存世之用，道态弗掌，易行易变，人莫能知其动化，惟参天地万物之运行，知其存而用，虽不绝而断无尽用之理，于是人力行遵道而弗竭取道，法道而不任由己便，斯曰达观中好，四大睦安。

　　道妙以符言知，知其奥无穷接荒连茂，人夥为不知而生憾，又以疑之以俟，行步止于弗恒，卒不及道。昔聃传于道德，开民于慧智，无为于体外，弱其知以安足，然民不以为然，故乱其道。今人甚无知于古，言若汪洋，未明理一，于道符外取其自然，自然无自然入其所狭，欲易其道相，必静守观旷，所处之弗躁，以一而定心，志坚不怠，故能重归本来，以狭小而知其旷阔，以明白而知其混沌，俟离道不远，可以知其知厚，知其自得而朴，知其浩然无失也。

　　先知者安其道，厚德者安其道，自明者安其道，受困者安其道，劳病者安其道，陋贫者安其道，颓废者安其道，曲折中落者安其道，斯咸以欲不能满足而自失，其骄，其奢，其泰，其淫，其纵，其横，其猛，归本几于道，几于道故欲息明达附于体，无名安足保其身，散其光耀成素人。

道立人立，人立有五，一曰立朴，二曰立心，三曰立目，四曰立足，五曰立气。立朴护本，本生全达，终汇之所；立心抑欲，遵道有章，旁斜难居其所，善德臣服于心，辄为身正，辄为透通；立目高瞻，审察明辨，察物以应天，察人以应事；立足大能，承任力前，其出弥远，定神弗散而思有得，定力不改而事有成；立气正德，其节凛然，高风孤峭，无气而弱其身，无气而失其魄。

圣言孤少，道出其左右，为道者，以言其然不言其所以然为本，宗宗一道，为世人所得少，得其道而反其古，得其真而归其朴，其然可以久也

第一章

道非凡物，其形不华，其贵精，其贵微，人常惑于道，难知其终，抱守一真，不离万物，可以有道而大释之，道大全纳，所以道生，道玄道存，无息无声，非有非无，人莫能制其所动，维道维高，道大无师，生而全通，同者道之友，不同者道之岐，是故圣人同道而不同缴，同心不同貌，独立而已。

第二章

天地彰道，人身临其教，辨明不德，是谓行天地旨。目察之所易，相行所依，智欲相交，其明不清，以致浑浑，其行妄偏，以致贲贲，故耳纳外声，析其清浊，则行而不挫。故圣人运心穷目，丰骨腴肤，厚天地之德，载千灵异形，度其根本，葱茏其身，俯首着地，弓背迓天。

第三章

道存如风，道动物动，道静物静，道厉而物不正，道赢而物处安，道生道非原道，物生物非原物，道存无恒久，道卒，天地卒，天地卒，万物卒，无有不熟，无有不服，山之死生，以草木枯荣计，水之死生，以河道深浅计，人之死生，以时日年岁计，道之死生，吾不知以何计，盖无有可计也！

第四章

人位不差，其言适合，高低相势，贵贱相失，近远相择，可顺可逆，可信可疑。高也者，思之出疾，低也者，趣之不足，贵也者，言势摄人，其华夺目，芳出其礼，质含英余，近也者，明章顺序，可以无忧。远也者，目如闪电，有本之存，顺也者，格物有差，逆也者，一则身正，一则招祸，信也者，落落可见，疑也者，慧智不化。故君子美其言，以察其志，恶其言，以审其厚。

第五章

性禀承天，常失躁根，情赋随地，常得安和，性躁惑生，事愈发急，乱而难回，则事败不尽人。情态打开，自捭于人，迹难晦隐，为人所得，亦失肃重。是故圣人抑其情，敛其行，使心不纵，使身不晃，使性坚实，然后可得。

第六章

福祸念生，中和得仁，过之不美，欲生重要，秽物堵窍，心良已堵，大恶便存，德溃气散，不得不敢，祸近不远，险夷参宿，一暗而荆棘有，一明而花颜留，道不中立，可以有裂，裂而出凶，避之不及，悔身崩志，明不明意，视而见走犬于途，雨砸草窠，故君子不失直而美，不失醒而立于世。

第七章

险夷道之所由，尊天依道，夷美不失，不道险生于夷，道位夷美，道至上，险在其下，或险于仕，或险于口，或险于阴损，或险于难预。故君子淡于仕，金于言，避于异道，谨思慎行，可离险求夷，复于道正。

第八章

静为悟本，悟为德命，是谓道静，坚持曰明，失明得病，可以无心，无心道隐，贵德不德，贵静不静，难以澄清，故君子，静中守其寂，华中戒其躁，一静而天下定，一静而万物生，脱俗以美其心境，孰能奈何吾神乎！

第九章

视贵物，施美，生欲，欲生，则道不循，道不循，则心惑，固守私利而溃九窍，九窍者心为之长，神为之君，君不能见欲定，长不能统关键，谓神不宁，神不宁者，言下，事不可成，其性衰，其情俗，其张亡。

第十章

道莫防范，道与之，道无害物，道成之，高墙者，惧盗，利器者，攻取，奢华者，欲壮，无有者，自然。故圣人内而美善，外而形清，崇天之道，尚地之德，自然不妄得，名物不恃功，是以道德有则人兽分。

第十一章

智愚，先天之不足，学以开灵。学，贵博，贵通，博通者，辨万物之形体，识宇宙之沧大，谓之补智。补不足，是故圣人不以愚为宾，自夺天赋，自识无名之物，自度成与不成之事。

第十二章

道动有力，人难见之，感于苍浩，万物尤貌，鸡司旦晨，狼嚎月杪，星群坐牢，是故物动有时，依道而行，物可自尽其能。人枕于月，心懒智迷。心懒智迷，神愈盛，故，心不可尽得勤，智不可尽得醒。

第十三章

计较微小，不可成大，计较短，不可成长，计较贱，不可得贵，计较无，不可有，计较财货，不可荣兴。计较高，必得低，计较生，必得死。故，圣人豁然胸洞，开纳自然，所放一切，所取一切。

第十四章

道置渊侧而不取，其灵也失，妄烦者，嘘出累叹，而不知妄欲不能久，主蹄出，横生不能静。烦生必恼，生恼必躁，躁生必不安，不安必生事。为烦者，心浅也，心浅者，自取也，尘俗烦依，恼为所用，无欲，无亏，无念，无自我，则烦恼自去，无辙迹。

第十五章

名利标华，其道弗自然，为利为道，不知巧妙，人夥然也，为名为惑，狡于利益，有名主位高，有利主显贵，位高者淡名，则命愈盛，有利者轻益，则利者愈贵。欲取名，先隐，隐之不弗，大动救世，名威名服，欲取利，先舍，舍得多，利愈多。故圣人之名利，道相追也！

第十六章

道位尊荣，其骄弗用，人权高而重，常得骄横，不骄鲜人，言大行冲，此乃患凶。位高者，心傲，权重者，无理。心傲，识不深，无理，难成行。高就低，重就轻，此道一出，固也！

第十七章

道善大善，其善弗见，是为大名，善人者，心不期利，害弗直全，偏途不猛，弗善人者，自暴，欲如利刃，与人交利一，离和，失性，本能趋祸涂。心居美，任由，心存恶，孤寡。

第十八章

道守不明，气节不清，人者有节，有节不移，节者，若竹也。外坚内空，外坚不破，内空不虚，节魄，驻其身，去心之远，节若去身，其身必衰，其气必短，其应外必不猛，其神必不聚，其力必不发，故君子养青阳之气而旷立。

第十九章

于宁静处读书，处沉思时决言。读书神思遨游字里，九窍气进出入顺畅，九窍舒，则神情爽，盘根固，慧智溢，书为神智外象，才为表里，岂可无外象，而观内象否，虑为书媒，静可躁明，故圣人出静而安动。

第二十章

财发使身，福来使心。未可全己，凡事留七分于人，留三分于己，七分可安家，三分天地大，宽，圣人之怀襟，不以上失，是谓不失，不为下失，是以有失，故事无全美，人无全福，缺，应道之，盈丰以明。

第二十一章

道无求，有求非道，人求于人，先失貌敦，言低貌恭，言纳行挫，无求于人，言高貌正，外展有力，内收盈丰，生而求常态，自立无求，得万闲之怡心。故圣人以言定己，以道拒外，言物皆无，而从中有，天灵地德，则无求终美。

第二十二章

食美在于口香，人美在于良性。人之良性者，秉日月之辉，呈万物之形，真而自省，朴而自得，良，正而无害，命，恭而有礼。故圣人甘心，不常失命，常德不衰，无欺人，无误人，变终抱一，得敦得失。

第二十三章

何谓勇，见不平而怒，见权势而不谄，见恶而愤其恶；何谓怯，见害而趋之，见小而同之，见权而委之，适言而不言，适行而不动，安利为己，欺心以为上，故风恶草顺之，水恶土顺之，人恶而坏行顺之。

第二十四章

欲安天下，先安民众，欲安民众，先安己，天下安，则治，民众安，则富，己安，则定。治顺，富强，定心，则世呈荣象。故一己二民，生已存，民失己亡，王者道，推己及人，问己而况天下。

第二十五章

虑多犹豫，处事不决，以一长决其事，未有不得，心所想，行所至，恒而无弃，事必成，人亦散其光，此谓之心性合一，心性合一，无所不成，成亦有心，有心而道明，道明不累，是以辉辉。

第二十六章

顺逆不常，常德不善，不善逆安，心始痛，味始苦，容始暗，目始失；顺，心之悦，味甘甜，荣美静，言之滑。为道，顺常有，逆常无。

第二十七章

淡泊清闲，淡泊，无大利可逐，自满自足，清闲，无欲使心。位高退而可淡泊，权去无扰可清闲；财货居多可淡泊，有欲、无位、贫病、冲刑，无易淡泊清闲。

第二十八章

圣人当教，教而不言，君子当仁，仁者不惑，非圣言多，言而无益，小人弃善，为恶求成，言多相争，不能守德，是故圣人稀言，明而不扬，知而不告，道唯心，以天灵愚，乐甚不消。

第二十九章

信者诚也，不信者伪也。信者温良，不信者多诈，温良可以长智，可以足户行天下，可以无卑取贵。多诈可损福，威不在自身，祸伏近，常信不足，常诈不伪，信者，满也，诈，轻仁，终不宁。

第三十章

道不举圣，圣不举道，行道圣人有，弃道人多止，吾见辱圣人者，必厄难避，吾见明达从贤者，多而达，达位者，达贵者，达德者，达所不能达。常安躁气，常节欲望，内修勤不怠，必得圣人之道。

第三十一章

道奥谓之天书，天地欲不宣，圣人知之，说天地以言言，圣人之功。常怀天书之奢，疑天怨己，知不足，以为天书离远，难获其卷，以离远取虚无，愚耶，明命者上通古文，循其文脉，习其经意，未有不得。故圣人按其意而出，莫不自娱。

第三十二章

栖守寂寞，达观内心，欲起以达观驱，情定安止于躁，万物将蒸蒸，有道守凉，必利于自王，守主不移，寂寞必自敞，虑得而不缺，才发而饱和，美现于世，未有错过；疏于寂寞，生而无获，无获自促，无获以达观平，莫有不服。

第三十三章

道一不二，大道恒一，言道直偏，未有其三，直者进言，直而无害，偏者进言，偏而冤枉。直者，道法归心，偏者，道曲由诈，言道利者进展，言物弊者去害，言事者害人，言端者祸起。故圣明之人，听其直，拒其偏，任由所行，而不失其所。

第三十四章

道无名利，名利有不上道，人未有不名不利，有利无困，有名无阻，为道不冀，有名，利不衡。人皆欲利不欲事，欲位不欲害，欲名不欲贱。故为王者，给利、给位、给名，从者多，去者少，去之愈多溢美愈多，名利愈少谤怨愈少，固心本存，悟道唯真。

第三十五章

道静动所伏，道泄气所损，无险无道，无道而险生，人之险，在于所轻，所轻心不衡，怨声致害，道不清纯。才高者，傲由此生，才低者，妒由此生。傲必谋以害，妒必曲于心，故君子防妒防傲，安而得其生，和而得其贵，不移而得其得。

第三十六章

上治国，冀道和，道不和，难治，道和过之，亦难治，自然利民，上大吉，大吉国贵，上安心以先民事，常怀天德，察民而躬亲，不以小塞心，不虚言以蔽民，小和小安，大和大安，不和不安，政清政和，可以政久，故上德行政，民无令色，裕丰乃长。

第三十七章

污水无污，外物入，人心无尘，俗气浸。水不污，人无尘，非自身所能左右，皆外力入，水污重则臭，人俗深，则性枯，水避物，人避俗，则景明生，是故圣人周心不外散，外散不周心，俗体盈，性难复。

第三十八章

养心而无外尘，自然以得真本，明月道精之所在，松竹旷达之所来，无俗自闲，山水德育之主，道还其真，静放柔韧，目俗不自轻，心空自然近，思枯难劫，万象奔涌，陡生观明。故魂魄真实，虚不现实，实不藏虚。

第三十九章

人皆有气存身，气在人在，气失人亡。存清气者，登大宝，存浊气者，心寡，天地气真能绕，有物可成，渊不可知，世物形易，有物替更不可转，故守气如守天地，根自立故乐。

第四十章

独处常思己过，人前方知高低。隐有野鹤志趣，出亦要有山水之情，世不平，匿，要居常乱己心，道妙常显于观放，常使心无，使气饱满，一问法，二问身，三问物，思不怠常性。

第四十一章

大行者贵静，大谋者贵周，大醒者贵昏，大词者贵明，大旷者贵损，大德者贵行，故静生周，周生昏，昏生明，明生损，损生行，人行之不怠，而抉择豪迈，可以先取，可以先见，可以断其所以，不覆天物。

第四十二章

雨前风起，水浅难蛟。事兆有定数，动，一动在动，藏，一藏在藏，观其相，不相其情，察其义理，飞纵乃尽人事，顺其巧妙，可行一切，可悉一切，可钳一切。

第四十三章

过宜言宽，誉人忌高，毁人留德，则责人、誉人、说人，皆可不拒而受之。故圣人不重言，不孤德佻言，远为慈天，近为侍地，合为同人，有道之难。

第四十四章

多思可察己，高与不高，多忧可己患，高，其一高，不得其二高；忧，其一患，其二患，其多患。故，思忧随身，不可放远。物不相，故无忧，物外泄，故有患。

第四十五章

可与言方言，不可与言隐言，君子不强言，强言厌生，厌生自觉无味，何取其辱而言。洞明察户，见彰疲神，宥，怨无生，鹊巢先无力，鸠后踞之，故圣人言有力，希贵自由。

第四十六章

目无视俗象，心坚拒俗世，可以无尘，乱而不害，矜而利大，耳不闻坏音，足不行死地，可以为生，可以犹豫，故天大，地大，人大，故自然清净，扫于干瘪。

第四十七章

行走步当健，决事当果断。步不健，当生病态相，决不果，遇从手底滑。行稳决事，如伏虎待物，心局闷闷，其察真正，无局聚盘，无盘散局，虽不局，能序从容，善处以为不是，善尽以为浊生，不爱爱，而事败败。

第四十八章

识不见道显，惑识，明不见道明，惑明，欲作不能问事，小欲，有不能，大欲，能过之，天作害未有不害，人作害未有不害，心乱生于饱食，欲大生于所得，贪利不乱，鲜也，尘俗厚，鲜朴，尚权有获，未有不毒，尚俭形亏，未见有赔，故君子以拙成其朴，以失成其得。

第四十九章

从众须思谨，独处当观心。思谨可明，观心正误。俗由上导，未明一理，多寒俏式，进宾一主，夺志失场，左前于人，风道临正。故圣人立威穷远，不漂目昏，不塞味孔

第五十章

少以纯正，壮以勤奋，暮莫失真。纯未染俗世，奋乃立世，真乃醒世。按此一式，生为雄貌，占此一机，从多取美，岸得菊开，水蒲根白，未动为齐，保不短力，故多变不屈，以为弗道，多途缠林，以为天下式。

第五十一章

世危多险，王不道故，民失本性，非常逐世，民畏不出而空，上政不自保，人主颓废，细小名厚，油镬水鼎，多能者静之室，世外者避之林，不言不行，糊涂众惑。世平亦多险，常饱多余，人欲散其余，言行暴虐，怀不仁，多纷不解，故君子素来求安，伏藏难过，意别万象。

第五十二章

醉眼观世，恍恍惚惚，其相不真，其明不实，其言不正，歪歪倒倒，格物正好，世昏害，不怜于人，万物将自失，宾将何能，易一易，瞀目不唯上，难察人，人浮游，留字不枉。

第五十三章

道符长远，久用不浅，乐道达观，未失其华，华而果实，

将用于人，消言消灭，长言高瞻，闹市难静于山，抵户之水有用。山蕴旷观之心，市蓄寸光之目。伐樵可近仙，为生尘俗厚。

第五十四章

预不受险，道之言，退不及败，道之胎，天地预，万物不枯，人事预，未可不备，有事前事后，后依前，前断后无，事分不簇，故生地察险夷，熟场观生人。察，身不置险，观，颜不受骗。故圣人来处来，去处去，不越恒常，险而生，险而远，去险涉夷，匡明达要。

第五十五章

问道以功用，道常以箴，微不素人以解，惑中言疑，孰不中用，是言，言多口不及心，饰容以弃其厌，未有本言亦实，人多筑言以高，巧言以伪，符言以精，故重言若轻，果言若讷，故行乃人之内所应，观其行定其位，无有谬，不参其实。

第五十六章

人行二分，善恶果而多，其情未必大道，心渊覆此二念，善为恶之不明，恶为善之不暗，希者求之，贵者说之，结绳者不知之，故取明得涂，拥暗则穷，是以不移根本，守一不抱二，可以有志。

第五十七章

道司天地，天地司人，人司万物，万物司于观同，有不悟者司口，口食所进，味里舌根，气由所成，尽力所能，成败之由口，上臣于口，民徙而聚，下口臣于利，民病而不劳，是以口有志而不怠，有力而不倔，观达以人贵。

第五十八章

宜小不宜大，宜粗不宜精，相合万物始能静，离道则崩废，其余不见，大能必大伪，强坚必虚重，虚重力愈强，体弱必心怠。故圣人不信其实，摄小以摄大，去难取易，多名不倚。

第五十九章

天地藏私，万物宝，欲害完璧，图存不利，尽获其私，人弱必恚，私而有孤，恚而生訾，孤中有倨，訾訾则祸至，傲倨则无礼。是以圣人独善无名，无私故能不恚，不恚故无訾，无訾故能大。

第六十章

物美，不宝者鲜，欲美而私，必生伎巧，人所见不欲而干净，虎视羊，则凶然张目，啮而杀，人莫能避，觊觎之夥，加烦添忧，使目困困，使心偶偶，是以圣人视美不亵，心朝明镜，不乖张戾势，视而不见。

第六十一章

人惑生于利，穷举非所求，干条以往，逐可一一，常情非所道，人恒于求利不求义，求盈不求亏，多得多害，少得而安，乐亦乐之，明道若何，求财不如求善，求言不如求心。

第六十二章

见宝欲盗之，所谓目欲；见财欲夺之，所谓贪欲；见色欲美之，所谓身欲。欲加于身，道离之，道远莫可及，则心亡也！心亡则志枯，故无欲可达，无欲可逍遥。

第六十三章

心华不可与富贵，狡黠难有真性情，偏求不可得，偏舍亦气短，中，可上可下，可左可右，可前可后，可虚可无，故圣人处中而居，居，无邪！

第六十四章

春暖莫贪花，贪花伤元神，夏日虚汗身，汗身莫恣纵，秋清多庚气，庚气浸肝俯，冬寒畏暴身，健体输气成。故圣人待守四时，应气贯体，莫乱其体，可以长生。

第六十五章

泅于水，深浅有度，浮鱼不可深，暗礁不出水，勿以己妄，论人事，勿以己私，动心窍，勿以己言，求同归，生而以诚，莫惑其事。

第六十六章

符言可说，圣言脱脱，言誉至刚，言附内诈，言噪短视，言放虚怀。故言可言非可言，言不言无可言，圣人不言而言，是以精微。

第六十七章

酒人性也，乐亦酒，悲亦酒，或益或害，常智迷失人，才迷失雅，言迷失德，躁生事，妄非至，去大德而仆，余喜不止，苏悟大白，行迟顿失，故君子行方中和，不令琼浆暴，遂事于此。

第六十八章

天不表功，地不骄扬，含慈得范，柳秀于水，人卓于品，废朽覆芽，形如枯渣，人寒命厄，德废于色。故圣人发美不发，人厌不厌，能取不取，是以有德。

第六十九章

大骇必大静，大贱必大贵，大破必大立，大死必大生，大华必大陋，夫何故，是以物极必反也，故圣人避其大，以求静，避其近以求远，不避则一。

第七十章

善德者善天下，不善德者害人，善者不欲，不善者欲利，广善者彰明，不善者多害。是以善为善，善，不善伪善，害。

第七十一章

疾身不外事，孤以待其终，发言声之弱，用人行之迟，近人多恶，避人弛，自然乐。是以君子病体自守，非犟于人，以乐而消其祸，知乐不错，安得其所。

第七十二章

自观者智，自闭者愚，自惧者无涂，天愚者智下，道智者愚失，愚不愚，智；智不智，愚。愚上，智下。是以圣人愚而不愚，智而不智，虚而天下。

第七十三章

心性荡漾，不自禁，自害。纵乐，祸所从，身殃心亏，天莫能救，故长善弃疾，长宽弃狭，长长弃短，性敦敦，心朴朴，而其身不殆。

第七十四章

起死回生，起死十有五，回生十有五，有死无生者，亦十有五，有生后死者，亦十有五。春草春夏而生，秋冬而亡，桃梨之花春生春亡，次年复生，故物常死常生，人死多为死，生者少之，皆死生之道，人无力易知。

第七十五章

为道不过，过之道失，道失不可，不可没有，力弱不满，人微不言，心狭不可具有。故圣人量力而行，负物之多，心盈自朽，言不中节，道心跌跌，端起低低，立式崛崛，尾留浅浅，其名不憋，估道不缺，唯心唯页，是以力不长虚，步不踟蹰，言不复古，相不语语。

第七十六章

道曲不直，必有所失，直补之，道直德到之，育万物以盛其状，虽曲尤有，有道直不息蠢蠢兮，拯天命不存未失，至其及，可与不吝道力，以知化无德为有德，化无直为有直，直，天地之德，非人可易就也！

第七十七章

道厉不和，夺法所求，有之不利，万物形消，过物害不小，若道细润巅，也非喜出，过物有霉斑。故物有双性，中柔则好，过之则害。天地造物，不孤，不抑，不去，不留。是谓好生，是谓气明。

第七十八章

学渊不辱，官极无欺，学渊好学者成，去奢者成，离欲者成。位极或左或右，审势者成，辱不患者成。安贫绩学，锥天管地，气骨逸，节指刚。交手盈丰，观极宝，所由高才盲。是故圣人明身不明位，隐才不隐行，退后不患，站前障目，取明式。

第七十九章

不奉己，不举言，以道收不息，取不见直涂，视不见所预，莫能张其实，故圣人以后，熄风平水，其肤不涤，其指不洁，谓之有静，谓之栖智。

第八十章

轻言非道，道无名，不可言，心存，故有之，近弥远，弥远则不知所投，归而复命，是谓失道，未见其母，万物补，补之又补，不足盈，盈益缺，渊生无实相，虚乃全，全乃荣，荣乃冲，冲乃成，不避天地。

第八十一章

上令苛，民曲且诈，戾气冲宇，礼崩乐坏，货藏不市，活，死之气，盛，亏之时。上令松，民直且善，良风荡野。故民不安其分，歪斜国风，存死之道，衰时不远。

第八十二章

民稀，礼。大国，蛮。上无德，民畏不往，政欲崩，民怀利器，怨耳闻。上无视外入，骨已失去，是谓无言，言政不可施与民，施，民亦轻，为祸多招，不能保，多失多寡，不失而好民，鲜有，上运问天，民命咨谷，谷不死，道聚丛存。

第八十三章

吾言吾知，吾气天地有，吾行吾行，吾性万物性，知本求初，莫不以性衡，先生后起，先道萌发，尽声耳不闻，尽味口不食，尽物目不视。是以圣人定其言，安其心，坐则八方位，行则九天事，一一不散。

第八十四章

张皇失措，天地不位，非天地不位，人世不位，凶血腥，主易经道，轻贱怀少仁，不命难命，天命不灵，登高筑台，其下空缺，非登高而远，其速亡，哀惧彰。故圣人错其位，以应天地位，失其朴，以补人世朴。

第八十五章

贤贫不则，逸韬慧光，乐道好而甘醴，心曲有顺，其人不闷，神主在焉，愈精愈神，不施其人好悯，好乐不厌，无以知足，不足缺失，难实其美，贤然无耀，品德摄人，故圣人乐而美，不尽施教，去贫以为是，好安所微，其林正阳，容重气象。

第八十六章

先愚而后巧智，道使之然，先巧智而后愚，离道使之然，筑里构外，圣行大也，其言不传，其行不迹，其力不猛，其腹不实，其命不凡，藏拙以为巧，敛收以为放，多病无医，稍失自然，彭光育岁，不愚不巧，才适为好。

第八十七章

君子善用其器，不善用凶器，目寡少欲，耳寡少非，手寡少悖，心寡少忧，是以圣人处必以用之，用之可以有道，有道则受制不害，非以不害，君子善用，故一器长，数器长，数器长，未有不备，所用亦有方，此生不殆，夫何求以为道也！

第八十八章

无休无止，道动不怠，德高异才者，几于道，能昼行夜动，能垫峭复拔，才小者，离离合合于道，失散不近，不近也不知，斯谓未道，故圣人为道不中其前，不中其尾，中其中，以道行而行，道不止而不止，可以同于天地。

第八十九章

得者为大，失者为小，诚者为大，伪者为小，道者为大，不道者为小，取之亦未可取，以为可取取之，道者心悦以为大，不道者不得，勉为道者，强失，逆反不周，道不佑，失者哀亡，哀亡者齐类，以为不遂。是以圣人望风而避势，不以为失，望风而得势，不以为得，得亦得，失亦失，恒立不衰。

第九十章

民不畏天，道不行，民不畏地，道不用，民不畏鬼神，道不力，道衰非以道不行，其道伤人，道偏非以道不轨，其道害人，非以道害人，其世不彰，浊道安可明，乱道安可序，从者不知所以，是谓从，道行乎久，疲也乎颓，故天地失和，人世失情，莫莫不醒，是以不灵。

第九十一章

圣人不言，言而无用，吾言非道，道失长久，道简自然，孰能明知，道广微义，孰能洞察，去之不病，是以不令，行之不和，是以不宾，用之不顺，是以不称，故圣人知道不知貌，知存不知亡，知得不知失，道无常式，莫能左右，道一而中化千，有本在用，其用不穷。

第九十二章

病病不亡，谓之道，奄奄不息，谓之道，或强道以崩世，或弱道以害民，中道为上，不中道为下，近强则损，就弱生病，其余莫能避，莫能旦，莫能暮，削平道尖，令其不伤人，合道致柔，可以无尤，今道无有，民纷多斗，民安其分，止于道回。

第九十三章

道壮力盈，盛治，圣人为之出，道乏气游，上不担道，礼乐不正，生于道壮，亡于道乏，成于道壮，败于道乏，道壮蒸蒸，顾命明德，道乏危危，其相不祥，是以不进则退，不退亦留，其扰虚于所奉，为道欲坠，是谓不累，是以不累，有道微微。

第九十四章

上不让，民让，上不上，民反，道口勿正，道轨不直，民通自由，若道正正，其民不真，若道直直，其民不实，辞于所养，复归鸡子，大道混混，其民淳淳，大道美美，其民不诡，其民颓颓为道所累，其民不歇为道所结，见上不上，道用光光。

第九十五章

道张之，德束之，民命不改，有物窃，有恶惮，济怀不周，齐暗已投，泽殂坤殇，道无所器，非无所器，道不由人，由人非道，杳杳不知其形，是以随之不见其涂，久之难安其心，复疑在身，在身不去，是以道符，道符名实，其器不华，迷失有己，魄归神体。

第九十六章

有用用，无用弗用，天地星驰，必有秘而不显者传，是以惧祸道，不能为世所识，故圣人常抱憾，天地大有而不才，致虚学不微，以无求求之，以有用用之，圣人能安其心，不妄念生非，故静生浩茫，审道自有，天地乐乐为天地，君子有有为君子，从道不懈。

第九十七章

道病弗和，万物有错，其病在精，其病在隐，道病医者何，人而无力，溃而不息，累体有积，人病人医，魂魄有数，神散道而泄体，物病人医，症中自然，形憔骨残，未已道安，外显无颜，只有恹恹。圣人谦谦，其状乾乾，病失愈远，道反自便，自病自医，存存绵绵。

第九十八章

知道明道，尚性道浩，智至道好，人趋如潮，愚而道了，视物失色，大彻大悟，大悟大行，大行大知，大知大能，大能无欲，无欲则圣，圣而致远，圣而无缴，圣以其知而大弗知，以大行其道而知渺渺。

第九十九章

民富不道，天下趋利，利多害命，无命道警，道则不则，民性迷失，知而愚蠢，愚而笨笨，骄奢无道，远离人人，贫陋守道，心地淳淳，物积智蠢，为财所损，损而有事，道衰腐败，人危而弗力，盛国弗得久。

观

上

玄虚第一

天虚之道，上上道，上有下而用之，绵绵不知其止。周而循性，无止莫能尽，动之所利人。太虚之根无上，故无所见，入此保身不殆，开而难见其混，虚真合而下，气和而成，渊而无己，地接而万物尤。间鐯无思，远而生惑，物利人则易亡，人利人则易壮，目易见不能久，耳纳声不能长，心出动不能平。

久困必闲，久逸必耗，混而无依，可出下处，居而不变，可以无名，下必生于私，唯得不得，久弃不用则废，本固久立，新而旧，旧而亡，亡而生，生而出，无绝无止，故虚而能长，长而能用，可以独立。

虚而无物，有物难虚，天虚至极，无重自重，行而无止，可以遨游，无向谓之遨，无心谓之游，故天自空，地自厚，物自然，人自我。

自化本不变，相非相而奥，诸不晰而存，故能渊，故能成，故能精。虚无依，可依不能尽其虚，有物在动，动而不知其止，抱物守狭，阔不知其己，故不知虚，弃己有成，守荒方大，守低及上，

上虚广明，神居之所，中虚较位，人居之所，下虚无取，魄居之所。此三虚上下极，中不足，故人畏上恭下，自失其虚，

而不能达至人。昏昏兮无力，昭昭兮活泼，人有欲以其好新，人好察以其冀得，厉风大尘，淫雨无躲，叶果者不可无土，有鳞者不可离水，光昧相叉，光厌其暗，暗求其光，相离不长，或高或抑，光同实，暗同虚，夜大暗有星灯之光，昼大明有孔穴之黑。入则满，满则泄，环复往来，可以生而能久。

无名不识，无形不见，虚大无垠，能定神乾，天不自高，故高，地不自厚，故厚，水不自柔，故柔。久新必损，故无久新，纵逸必近坏，大废必短拮，大爱必富足，大德必大伪。人命好美，饰己饰用，故心目受损，多加无益，多奢必缺，多行必失。

孔生虚常，用之大，孔塞虚去，用之亡。利若泥污，进必陷，陷必巧，巧必害，身为必少仁，少仁则虚离。心渊无穷，目观有界，履覆痕迹，

实用其内，虚用其外，形有则尘显，无形则尘隐，人皆好言己功，故莫能虚极。行而知倦，气必出，虚可用于小。知化知新，可用于大。孰能日新，孰能易化，穹之云也，吾行于此，故处之安泰。

出不必尽，入不必盈，遮莫能密，开莫能遮，取必少，容必多，天物见之亲，地物守之实。故圣人为天为地亦为人，孰能见天地，人道合一，察自然之理者，参天地之精，用其一而保身，可以为而多，莫可彰其形容，莫可听其金音。

人生而好乐，未有不好乐而生，积怨而乐失，劳目而乐鲜，人好群而不陋，独友而倨物，乐以群生，群以乐存，攻伐群散，足逸而纷乱。液以器为形，倾而出，不固则无限，目莫能见，手莫能触，曰恒，恒曰虚，虚曰全。全则用之不止，人莫能离此，物出而恒见，虚使之然。

无春之象，民蹇国艰，非国之过，乃人主厉而制，厉失国

危也，不见盛年，民强为行，状坏则小，执而散之，分割而取，归于失。花出而寒止，虫苏而气和，风雨起于晨暮。

无根莫言死生，虚出自然，有根死生相随，莫能见其虚，大环必弱，小环必有力，车无轮不行，鸟无翼不翔，疾无药难痊。故物假物以用，圣人假用而大，大物必以小行，小物必有大妙。

空有气必生，有气空成而外坚，无破气不出，外莫能侵。虚中虚必有物隔，大小相较，物去归一，无可名状，

以利而聚，必以利而散，以信而交，必以信而入，财聚民必纷，乱而丧哀未有避者。故国服民不服财，服德不服逆，少帮陷其外，援不可能而息止。

用多废多，不用则保，力过倦生，倦多不欲，止于静，静生明而见微。人亡合目，鸟殁翼收，鸡完腾跃，豕宰刃入，血出而毛脱。故物生必以亡尽，亡必腐，腐必臭，臭而恶生，然后虚自有。

物生物绵绵，故天地能执大象，夫非天地执大象，是以天地空虚而物生，物有形莫能隐，左右虚，虚实相克，虚大实小，实小易坏，故物死而得脱于实，虚而不亡，实不能自有，阴阳相交而具形。

不知行，止，知行不行，惰。止而不远，惰而不力。行多过多，不行近废，此二者，孰能择乎其不惑，唯中者取舍适。不行无悔，行不行无怨，、心安而已。

人多好言非己之事，若食甘味，己愈贱言愈激，己愈贵言愈金，贱则躁，金则安，远非贵口，没身不殆。

以力而入必以力而出，弱进弱出，气足暴，豆盈裂，锐易钝，举难久。高落必亡，低可安生，富逸失命，穷至易变，厚义厚费，薄德全礼，物荣大衰，大用早脱，大言无倚，大生力

壮，大矜自缚。

玄虚之道，见不可见，言不可言，行不可行，有而已，可名于无，人所静，可名于大。自功大迷，祸伏左右，出于微。热胜寒，目胜远，念胜心，故小见大明。

钳智不智，其为不事，国治多令，民弗从其，乱生而崩塌，驰智天下，有为各出其力，此两者，孰能见其害，上蔽不道，民失其要，势可见其衰，至此则无回。

下心为真，居安不厌，美甚不静，缺有异能，上命所恤，下必为力，无求自大，率性以自得，稀有而大成。故物莫为用，人莫华泰，守小可卒于大，安可跨前。

恶暗不明，拒新不长，以誉而存，必以誉而亡，疏失大密，密织易断，大植广布，数成不成，故过能反中，不及亦反中。

天宗第二

天有为无所不为，地有言无所不言。目天玄深，莫能揣其为，既为天，必有任于道。

天有徵，故形存，人莫能知，以为无徵，天无自故大而深，以其旷旷，故为而不扬，动而不息，寐天可自化，立地能听音。循天之道，则天之法，见天之形，参天之理，可以有正以为德，可以无为以为大。

光暗同体，光去暗来，小暗小明，大明大暗，知静必以动始，知动必以欲生。不静吾将以无镇之，不欲将以智予之。天大德者居之，不德不足以居，天外用形内用虚，人从天而不悖，背则生亦不宁，以为不足。

华而不久，久而不华。物以人用而知，知而贵。物倚天而成形，地载物而成势，故物华必夭于锐，物用出于小。大物必妙，小物必孤，物亡归于土，土物生之所，莫有离土而存。地载以重，天承于轻，轻灵而渺，人莫能追其形，究其源。

天道难违，违而害，人无天得死，物无天亦亡，日月无天则无以悬，大圆不圆，小屈若直，天无其心，故难见其外，硬外软内，可以有存，保其外用其内，象充盈气不竭，若反，崩裂，四极有损。

其和不巧，其美不傲，其德不消。自长而长用，自安而物宁，自动而无费，自大而不以为大，乃大，自为而不以为为，乃贵。

直性而天作，任行而道为，其光见蓝，其暗得灰，蓝于灰之上，灰中有湿，湿可淫物，施暴于天地，人莫能拒，生畏生忧，以为不仁。

虚常自有，柔弱易腐，坚强者亡而长存。天裂风雨，不可息止，地载将重，恐难久德，人欺于天，天将何为？道虽力大，奈何天地。天地不行，人莫能全其躯。莫使天幛，莫使天下，则无害而安居。

天德无以衡，以物参理，未见则知不足，知不足则天不能尽性，天道常悖于人，人反求而得，天不察于下，下则上之，上之则达乎微，微而显，则人识于天，身必德重，负命莫敢乱为，则于己于家于国皆明也！

尊天，事神，敬鬼，必不敢欺心，不诚则不如不祀，所见乎性，所见乎安，所见乎福。自不知则无罪，自不行则不轨，自无力则不灵。故君子多见于天地，多思于欲得，多化于万物。天上天，云上云，天无其高，地无其厚，天地不分，在天地为覆，在地天为覆，故天可以载，地可以覆，天之所成，云气也！地之所成，土山也！天不能登其高，地不能入其深，人之所限也！万里之天有异，千里之地有别，人莫能易，神莫能易。

北方属水火气生焉，南方属火水气淫也！故相克必相倾，天易化无常，气盈而不衰，可见而莫能持载，纵快纵流，无止息也！天在上而不能下，地在下而不能上，颠倒乾坤，大圣大德，孰能如此，惟圣灵也！

天生火，地生水，水由天下，火由地生，天得阳，地得阴，天养五行，地载八方，天为气，地为骨，天易转而无恒，地恒常而物茂。

顺天时，人从岁发，为老不言功，言而人厌之，少年不傲惰，傲惰少全礼，不能行远，故含功少骄，老少皆宜，未有谬也！

青天无善恶，应时谓之善，反求谓之恶，善能久，恶易损，草木花藤，随时圆转，故有寿。天定而不乱，日月和其明，万物依其意，山川循其则，人畜守其清。

人何以知万物之理，重德心安，以诚求之，万物之理博厚，参一而弃尘，物外而至纯，有根得百以上寿，无根百一下殁。一物不足以明太虚，一言不足以说人世。人若涤巾，可以独清，人若天水，必从此坠，息所见，闭所闻，收所乐，慎其所为，必得天遇。

礼不为礼，耻不为耻，近乎废，居位不敬事，下野不安立，近乎颓，天道失也，非天失道，乃人失其道也！

哗者簇簇，腼者从流，礼乐败失，庶不能按其时，士不能德其位，国无崩乎！天若起猛，物必竦慄，人无极德，必为心盗，难定于所见，故意遁神窜，覆于乱行，不能高明。

天之经纪，人之纲常，不移为安平泰，足乐者自得，可以履于风，心乘虚遨游，不知天地之大，或呼于气，或纳于空，脱解无魔，自相莫辩，临大渊而目不得尽，立污垢而智不得高。

巧为令色，善不足待时，困出得宝，内韧固坚，惟能服降其欲，近道不远，夫为不远，乃交天之德也，天德已备，万全不谬，人事理具焉。不德者，必失其性，必失其位，必失其禄，必失其寿。君子必同天理，必安天位，必参天象，然后和光同尘，知前后见，可以有神。

一尘不见，必有大尘，一言不发，必有大言，一心不用，必乱所为。故君子必定见定性，不违天偏邪，弃良而抱恶，有道始有德，有德始有君，有君始天下顺。

天宗义理，无差缪也！谚云：天雨地湿，朗朗清清。

本真第三

混沌开蒙，有本存于其中，本生于道先，本累而道成为世所用，万物之有本，本存而天地存，本立而万物有。

天地大本而天地久，天地无本而天地无，天地无本而不盛，人而无本寿不盈，天行其本而德行之，地行其本而仁厚之，人行其本而心乐之。本静道和，道和而有，有而使物美，有而使物真，有而使物达。

一物一本，一本司一物之生死，本浅物见于小，蚁蚊类是，其类存亡于瞬息，本厚物见于大，山川类是，其类存亡比同天地，万物荣枯，有本之故，本亡力竭，物死无生，物死有本不动，本活力盈，物生欣荣，物欣有本在用。

本谓之命，其命好真，真乃本之源，真朴也，天真其道大，地真其理大，人真其识大，物真其广大。是以天不真近乎崩，地不真近乎裂，人不真近乎耻，物不真近乎亡。本真其名不穷，其运不衰，其得也洋洋，其失也荡荡。君子之本真立君子之德行，温而近人，恭而有礼，言而雅和，威而不骄，挫而不馁，直而中度，处而安守，策而刚果。万物之本真呈万物之实华，灼灼而妖，葳蕤而茂，萌萌而娇，硕硕而闹，衰衰而朴。

道为天地本，水为万物本，心为灵长本。本淳有真，有真则瑞和，瑞和则事有，事有则人为，人为则无所不及。本盛其命附其上，寿在其中，本固而得寿，彭八百聃百二，柏千岁松万年。本衰其命离，亡在其中，本松而寿短，其躯哀随之，云根不紧亦作生死须臾，地藓无本滑为枯皮之体。

达观而明本，德善以养本，力行而重本，为学而识本。好乐而心乐之，好闷而心闷之，好游而身怡之，皆缘本而有之，识小而不能观其大，怯弱而不能势其事，宣扬而不能光其芒。本失而失所失，本失而知所失，本失而德所失。上失本而失民，中失本而失意，下失本而失命，是以政治以治安为本，为学以通博为本，为家以宽和为本。

穷物之理，在于本真，究其奥古，培德养善，厚品以力为，累学而博取，学而不殆，可以谓之也学，厚学必厚德，厚德必学博，博而本位，位立而不移，可以进仕。贤者观达以美其世，身立而才立，才立则行而有余，故贤者功不在学，而在于本会，本会三通命理所得，无易天本而得人本。

上得，民失而怨，国本之不固，上弃，民弃而花巧，民本之易坏，上华，民奢而豪张，其本用之逸荡，上真，民利而则行，其本盛盛而美民。社稷安和以稻黍宝藏，民失食而恶起，民得富以善来。天纵害而本良，地容歹而本毁。治国以中和，以民利之所得，齐家以孝道，以子孙之昌荣。

鸟鸣虽短其声喈喈，盖取自然之本，人寿虽长其习恶恶，盖用尘世之本，真从自然以天地万物为本，人近自然性可以观放无欲，故归朴可以朴其本，归真可以真其性，心观可以终其一。水无源必耗空，花时短必失容，人无德必离众。为己必以为世先，为世厚己必得厚，未有不为世厚而己厚之理，若持之问世，孰能不名乎！人欲大利必有险心，官居高位必得慎谨。哗躁不纳，骄以轻人，常违以使人，有辱。物极而伪，寒而有媚，凶而无仁，斗而失智。

农利少，小人不重稼穑，厥出而轻其事，农本失之于无意。图逸，何以事为，丧志而寸光，忧不离小人而自失本命。民何以喜，足，民何以愤，贪，民何以怒，冤，民何以暴，不均。大国治，宜亲人，小国治，宜峻法。国欲强民必致其身，兵必忘其存，而后使勇以克彼，君民惠而拥立，君标华而小人佻，君先而后民从，君隘而民死。君本从天，天命之无违，德光临民以福，则命久不衰。国盛寡政，国弱强权，盛其民民盛，弱其民民弱，君同民尘，谓之本真，本真有其民未有不服。

夫妇之异，前，相和誓，后，相和爱，不和忿，忿甚所不一，离，相和失。故夫妇之礼，不同求以同，无异求以存，齐眉相重谓之久。家主宜男，严趣互倚，恒愆佻，不可为家，持家宜女，慈和教子，俭而节，未有不兴，未有不福。反之则不然。悌，敬而爱，合而乐，德而美。

孤鳏独，孤施以爱，施以教，鳏独施以物，施以亲，施以护。可以谓之本真，可以谓之有德。

君子弃恶，不弃美，弃华而不拒华，弃妖而成其朴，可以有位禄。君子有志不失其本，君子有才不失其真，君子有求而不乱其道，君子有德而不患人知，君子有仁而不处处。唯真者重本，不浮，不恶，不害，不自，不巧，不妄，斯谓之本性。

为官无贪欲者，吾未见也，为官而无骄态，吾必以为伪，为官与庶利，吾必以为忠，为官无才实，吾必以为害，为官妒能，吾必以为诡，为官亲为，吾必以为安，为官怀天下，吾必以为主，为官逸纵，吾必以为祸。敬民可以使民，敬天可以佑物，敬地可以得谷。

惰逸豫所致，恶习存身而不毅，人见其惰而厌之，不以朋处之，相待如冰，里人常以言讥，面无羞色以为常。惰者必处约，未有惰而本好，其本无用，福禄不动，人惰而行迟，思废，智不足以驰骋，情败于无事，父母不敬，谓之不孝，子女无养，谓之弗任。

病者惧其疾，非惧其疾乃不舍之夥，乐未尽而怨，非乐未尽乃本已失，无本非人力可回，乃天命哉，孰能御之？唯乐以处仁，唯德而爱世，无憾可以有誉，子贤孝而病安，物乃身外，名乃身外，利乃身外，唯病而悟醒，此皆为弥留之所得。不病者，难有，欲终日弗离，凡能入室皆尽所能取，每得而本渐失，待本尽，则病也，如是而已。

庶躬事土以心，食丰不竭，家乐而安和。不事农桑，焉能富，焉能乐，若事农不循本，必失真有，土地不为利，故勤而安乐，俭而有。

庶德本真，与人交恭而信，人愿与其往来，近真不惑也哉！真哉庶也，真哉庶也！

来世取，生而逮物而乐，人初为物而来，其本如此，焉能怨其欲。或取于正道，或取于岐涂，有德者正，无德者岐，欲平者正，欲盛者岐，物积必累心，财巨必祸起，亡而手空，一生无果，此乃人本然也！

世人有三安：言顺而气安，业顺而名安，仕顺而心安。

世人有三无：为利而无真，为生而无己，为名而无耻。

世人有三好：闲而好自然，交而好自专，功而好自满。

君子有三明：安于礼明于德，安于世明于道，安于近明于远。

君子有三惧：为学惧才实不足，为道惧天命不足，为人惧德行不足。

君子有三慢：慢于言弗妄，慢于财弗堕，慢于居弗傲。

理莫过于里巷，吾居城市，耳闻多虚，未足以理论之，土皆朴人也，其形也悫，其言也信，其心也善。

圣人不张，张必时至，圣人不名，名必为世所用。其见微毫而成道义，其形隐匿而望辰宿，吾朝圣之影而难晤，欲谛诲而不闻，以为憾不得而见之乎！吾行道日久，安前虑后所行不差，齐贤以佑身，泽德以荫子，虽在道中，常为不得道力而辗转，吾知之一力不足，天命已已，欲未制外泄以毁本，力戒或甚有所得，若果敦明，以为快哉！

骄妄之气无免，人之性也，无德而妄吾厌之，无知而妄吾厌之，无倚而妄吾厌之。何为骄妄乎！骄妄必不君子乎，其交人必以势，其识人必以蔽。以其身不患立身，以其言不妄安世。

或不行本，或不信本，或不追本，天有灾乎！曰：无，本安天下，岂可以不道者而祸之。轻本不重其命，以为是不孝，以为是不忠，以为是不知。能得一生乎有，有而不烦。

趋之利者贿，与之利者贪，未有不贿而贪，源之无有，贪者何求。不择道，欲焉得息，不择朋，焉行不屈。君子为政必谋民富，小人为政必谋己利，君子为政可以久，小人为政可以废。

吾闻与己出禽兽，斯可以为人乎！吾闻父母严子而反弑，斯可以为人乎！吾闻南方有食婴者，斯可以为人乎！吾闻有鬻脏器者，斯可以为人乎！吾闻乞残者人为，斯可以为人乎！尚德不德，是谓失德，知礼不礼，是谓无礼。

吾知昔女子无才便是德，今观之女子无德便是才。人纲不领以至于无耻，妇功不长以至于有辱，女为富贵败，男以位居开，贤德无以使币，淫欲泛于蛮夷，女猛胜于男，见化日恶迹而不敛，不信、不忠、不安、不德。斯本也失，真也失，风也失，鸣乎悲哉！

通文，谓之有学，吾不以为然，通文且立言，谓之有学，吾以为然。学不广以一恒；吾以为毅且学，学在馆归而弃，无学可成，时不忘学，可以知多，可以出仕为名也！

本真其性也真，其禄也有，其富也贵，其敬也信，其美也乐。

物问第四

物自何来，太始而出，始混囤之力所由生，阳出而存，气使其壮而不弱，患令其亡，亡则形销，而委于地属，明形张而晰，晦形敛而糊，故物质所由光，光烈气足，气足物丰，物丰则盛相也！光泄不积，散乱物自失其神，失神而心迷，囫囵之相，不见心性。

物克物必伤，势必中实，强弱可由验；物相合，有物主，终其一不见随主，质变其时；物积物必废，物稀薄必夺，故物无全用，随人而已，人无全功，随遇而已，心无全意，随好而已。

运极大势，物聚而盛异，天保地华，参会其内，易其所弱而合群，壮其所强而大象。具名曰：物于虚发，执物而心有，亵物而心暴，蹋物而心焦。野伏曰：无非自然，物存利害，有去而无回，行将已已，孰能知不复见也！

物之所差，非天之过，非地之缺，乃人事量衡，利弊所致，用废所较。物新腑甘，物旧自弃，新物未必久，旧物流于腐。蛏礜曰：及地之物，不与天匹，惟气溢充盈，形色繁博，性衍中和。滑天之象，卒成及地之物，其阔张腾逸，无可遏制，若野鬣骋疆，水载皤羽，大象大势，莫能见其小。野伏曰：一流之物，无非天灵，阴阳之所和，水化之所形，秉性之所安。他物小小，视而不见，非而不见，小物莫能人，大物无可匹，擅一而百能，空失四围。具名曰：不更者滞亡，身亡者久得徐静之气，中可不息，外可不勤，其道洋洋也与！

格物非目，心知会审，灵出七窍，目无非形色，触无非方圆，闻无非气味，知出其里，所见非所见，所用非所用，所识非所识。犬夷曰：物无小大，居安高极，相伏道蔽，世端倪其貌，以为识，神识不语，故物不隐于圣知，不倨于神前。

野伏问于蛏罍，夫天覆何以不止息，地载何以不裂崩。蛏罍曰：天非盖，气浮悬动，孔间相通，气出咻咻，气入团团，故不止息，地乃气之肉，聚汇成磊，深厚莫测，气固于内而不泄，致密于里而坚硬，故不裂崩。野伏问：天地何以有差？蛏罍曰：阴阳也！阴下阳上，天高不可及，地厚不可及，若阴阳——，则无存之状，复归于浑茫，天地未辟也！野伏揖而曰：吾知之也！

犬夷于道驿适具名，具名问曰：有根须入地者寿，冬而形销，若死状，何以春而发生，清貌依然也？犬夷曰：地气使之然也！虽形枯若死，而气贯于内，宝生不死，冬形销地气弱也，只固体而不及枝条也！春气盈意足，故气破体而出，生发之相也！俟夏气及叶脉，故丰葱盛极，无以复加，秋气敛收，叶黄萧条，气藏于内，养之以俟冬。具名曰：人何不类之，而枯发无生也！若类根须者，可以寿乎？犬夷曰：人灵物也！以血气存，气生于本身，血灌于脉管。血随气走，气随血行，气弱形销，血呈黄云，气盈精足，血脉风龙，气竭而亡，血滞脉管，不复回也！故死生有限。具名曰：吾知之也！

蛏罍坐于昆仑，临谷化气，谷底有潭，潭水静平，五色鱼游于其中，皆昂视蛏罍，蛏罍吸昆仑玉液之气，吐日月之光，五色鱼化霓霞而去。野伏于其侧，惶惑不已。蛏罍曰：物皆可化生，故物非物，非本有，物化物，乃虚生，此合道正归。野伏曰：物必假于形，而后活于气，气竭则亡，培气逸乎天地。

蛏礜曰：可也！

具名问蛏礜，夫天地之间有物，皆可见，天地之外有物乎！何以见乎？蛏礜曰：夹天地物，吾知之，天地外，吾不知，概有之有也，无之无也！若生内焉知死外，若杯内水焉知杯外海，若地内地焉知天外天。

犬夷见野伏，犬夷曰：吾有三重烟雨阁，奇物也，未阴能雨，触檐而七音相和，清越天籁，又能烟雾满阁，绕梁若龙盘。野伏曰：斯何用也哉？犬夷曰：把玩而已。野伏曰：吾闻上古至圣者，行道泊物，喜好物者必智迷，宝物而欺心，浅俗佻薄而已，今汝出之，吾将去汝而行。犬夷遂碎之。野伏曰：全也物，损也物，仙也物，凡也物，无物则无碍，谓之养虚固气，谓之天通地透。物不宜过及之，过及则伤其魂魄，纵情而不能止，是物过抑或人非也！

具名问蛏礜曰：物亡精亡乎？气亡乎？蛏礜曰：物亡止于四，色止于黄，形止于僵，精止于竭，气止于绝。物亡精竭亦亡也，气绝气亦绝也！形腐形亦没也！惟质存，质乃物之恒形，随天道弥远，无有生死。具名曰：四止何故？物生于土，卒归于土，故亡色黄也；形乃气成，气绝若泄气，故行僵；精乃气结晶华，气绝精亡。物亡而非亡，止于象，象存物存，象失物亦存也，世惑机莫能参。具名曰：世以何不惑机？蛏礜曰：以蓄气养虚，静淡摈欲，去华复归，可参乎鬼神。

野伏问蛏礜曰：物有德乎？蛏礜曰：物择天然，行之道法，道不离，焉有德生，故物亡德。今世悖法，故德生，德将亡，乐自此生，乐失，法坏崩，人不知所从，其乱始而人盲。人参乎物，审察其理，合于人性，可以有慧，而任其驰纵，国祸无避，故人无法则行偏，物无法而自亡，人依物可安，物依人可长，人德卒莫如物法。

物微奥古，异形难参，其理难彰，其性难晓。蛏砻曰：天若朗朗，物必娇娇，地若生生，物必野野。人物如潮，执象平泰，物之所安，灾之所去，貌敦则内静，曲怀则真切。物道若此。

圆齐第五

圆者，道之先，俾道成，而生天地万物。其大渊莫有其徽，汤沔乎难察其状，化于其中，圆于其中，合而成道，道功辟浑茫之象，成其二态，始生有物而界明。

圆者，精也，动而孕质，质而易形，形气之张也。息息相吸，死生莫能憾其真，一立而万立，绝道而玄成，可以有声，可以有色，可以盈而不亏，可以泄而不灭，绵绵若道，难竭其用。虚气质实其用，虚则虚用，实则实用，周而复始，始终如一。

天地之事，不可不问，审察其象，蕴得其里，龟伏万状，方能关键。此上不可得，下亦不可得，自然而已。静为生，躁为亡，闭为生，开为亡，以其渺遂而疏物，以其失己而获名。

圆实冲，实中冲，冲中实，故冲冲实实，包孕混沌，夏夏莫知其极，旋而广播万灵，无休无止，视而不见，莫得其奥。

积欲气不实，不实魄散营颏，魄散营颏而神不聚。圆为大，道次之，天地甘其后，人物居其小。微微明明，大象障目，圣人亦未咸窥，以一而圆齐。故抱圆而俟齐，王从其后，令发天下戴己，复归于常，复归于齐。

贫而相亲，富而相疏；民以知乱，国以欲亡；安在自然，平在无争；故圣人之治无知无争，夫为无知，故能成其治，夫为无争，故能臣四方。

无忧则大患，速取而大盗，夫非时之更，乃耳鼻目口开奢也，人患于欲得，国患于财聚。所以使民以足，安民以险，重民以闲。

圆则清，清则明，明则薄，薄则朴，朴则反。圆高也，广也，幽也，静也。无外谓之高广，无内谓之幽静。非坚信无圆，非宥恕无成，非玄湛无动。

天地以齐为则，齐者，万物一圆，圆为本，齐致和，万灵齐则顺时，顺时则安，安则静，静则圆，圆则道。

圆通玄窍，可以有妙，无棱故无受力处，掌要以为尊，侯王为宝，使鬼神为之灵，智者为之驱，劬劳者为之舍生。民若病则失命，君若病则失信，圆去心远，齐差不宁。

得道大圆，谓之无有，天下利器必周和以为用，天下大道必行之以为善，天地无恒状，大致而已，圣人无恒状，无功而已。行不处易，志不处执，情不令昏，可以圆和，可以有大域。

乱必于乐，邪气过而物动，乐极必失其圆，不定有诡，具形以放荡，未然钳而没。躁者无神主，小器藏妙有，关关皆为始，事事咸为轻。故君子不重乐而在成小器，自圆而已。

万物畏静，静可为大动，大动则出新除旧，小动不息，夷在其中，圆以道在，全而齐有，张必钝知，然后失聪而脉滞。

知出巧，巧出伪，伪出奸，奸出害。人取知而得害，过也，故天不知久为天，地不知久为地，人不知久为人。民不失圆齐，长安久盛，为圆，为齐，曷可去久也。

美安必求财，得大利，国必失制，人必失礼，物必失用，人物不齐，必赖于化，化而无功，必明于简。

圆非圆，非常圆，玄玄渊渊，虚实相杂，以虚无入实有，可以有物混成，有物混成，为天下母。圆生虚，虚附实，为用之道，可为大，可为小，可为亏，可为盈，自负盈亏，久长不竭，恒也。

民腹实，礼不行，淫奢毁其性，倨固乱其行，故使民莫殷阜，安其居，削其利，素其服，是以德位、礼行、善为、知耻。是故君行天下，必以圆齐之治，圆而又圆，齐而又齐，可以久治不衰。

凶岁乐于先，天地诡奇象，星入地，土干裂，水上暴，民声四涌，可治，王侯臣服于圆齐，以其厚德而载于八象。民之不治，以其无惧也，若道、天、地、神、鬼、魔、王中一畏也，必能安身立命，守恒如一，以此加身，必不谬也！

天中地，地中天，虚而不实，难有，实而不虚，难有。以其虚无，以其实有，故能成其万象，虚难见其实，搏之不得，实虚化其实，视之可见，言之可道，及之可感。

大化合于圆，大德几于齐，大智摈不足，小智补余损，大言若畏佳，小言若结草，大取吾丧我，小取喻噫气。

齐宎然德极，万物咸齐，天壤彰明，物性齐，形差而不害，万物卒归于齐，不齐则惴栗，不齐弗适志，风呺物应，雨加声动，无偏并齐，怒者谁耶！

齐曰德，曰仁，曰义，曰和，曰乐，曰神，曰情。魄交，冲虚，欲失，德配，和怡。物不失其性，齐不怠业诚，业诚而齐中，齐中而位职，位职而相宜。

民畏厉风，心忉而束身，诈入于知识，行出于所激，谷怀不得张，目视硋远物。故泠风顺其意，舒乐缓其身，用民以制薄，循性以圆齐，天下悉得之。

足，一则安，一则乱。心足谓之安，形足谓之乱，知足未必乐，常足未必仁。吾足汝不足，汝足吾不足，谓之不知足，不知足则害，则訾、则怨、则昏。草生于春亡于秋，雪生于冬亡于夏，惟见生而失于亡，惟见实而失于虚。

物不齐于形，圆于性，质托于形有别，形非质，质非形，